A LITERATURA PARA SITUAÇÕES
UM RECURSO PARA A PSICOLOGIA EXISTENCIALISTA

Editora Appris Ltda.
1.ª Edição - Copyright© 2024 das autoras
Direitos de Edição Reservados à Editora Appris Ltda.

Nenhuma parte desta obra poderá ser utilizada indevidamente, sem estar de acordo com a Lei nº 9.610/98. Se incorreções forem encontradas, serão de exclusiva responsabilidade de seus organizadores. Foi realizado o Depósito Legal na Fundação Biblioteca Nacional, de acordo com as Leis nºs 10.994, de 14/12/2004, e 12.192, de 14/01/2010.

Catalogação na Fonte
Elaborado por: Josefina A. S. Guedes
Bibliotecária CRB 9/870

M386l
2024
	Martins, Thaís Fernanda de Oliveira
	    A literatura para situações : um recurso para a psicologia existencialista / Thaís Fernanda de Oliveira Martins, Sylvia Mara Pires de Freitas. – 1 ed. – Curitiba : Appris, 2024.
	    160 p. ; 23 cm. – (Saúde mental).
	
	    Inclui referências.
	    ISBN 978-65-250-5321-9
	
	    1. Psicologia. 2. Literatura. 3. Existencialismo. I. Freitas, Sylvia Mara Pires de. II. Título. II. Série.
	
	                                                                    CDD – 150

Livro de acordo com a normalização técnica da APA

Appris
editora

Editora e Livraria Appris Ltda.
Av. Manoel Ribas, 2265 – Mercês
Curitiba/PR – CEP: 80810-002
Tel. (41) 3156 - 4731
www.editoraappris.com.br

Printed in Brazil
Impresso no Brasil

Thaís Fernanda de Oliveira Martins
Sylvia Mara Pires de Freitas

A LITERATURA PARA SITUAÇÕES
UM RECURSO PARA A PSICOLOGIA EXISTENCIALISTA

FICHA TÉCNICA

EDITORIAL	Augusto V. de A. Coelho
	Sara C. de Andrade Coelho
COMITÊ EDITORIAL	Marli Caetano
	Andréa Barbosa Gouveia - UFPR
	Edmeire C. Pereira - UFPR
	Iraneide da Silva - UFC
	Jacques de Lima Ferreira - UP
SUPERVISOR DA PRODUÇÃO	Renata Cristina Lopes Miccelli
PRODUÇÃO EDITORIAL	Daniela Nazario
REVISÃO	Débora Sauaf
DIAGRAMAÇÃO	Renata Cristina Lopes Miccelli
CAPA	Sheila Alves

COMITÊ CIENTÍFICO DA COLEÇÃO SAÚDE MENTAL

DIREÇÃO CIENTÍFICA	Roberta Ecleide Kelly (NEPE)
CONSULTORES	Alessandra Moreno Maestrelli (Território Lacaniano Riopretense)
	Ana Luiza Gonçalves dos Santos (UNIRIO)
	Antônio Cesar Frasseto (UNESP, São José do Rio Preto)
	Felipe Lessa (LASAMEC - FSP/USP)
	Gustavo Henrique Dionísio (UNESP, Assis - SP)
	Heloísa Marcon (APPOA, RS)
	Leandro de Lajonquière (USP, SP/ Université Paris Ouest, FR)
	Marcelo Amorim Checchia (IIEPAE)
	Maria Luiza Andreozzi (PUC-SP)
	Michele Kamers (Hospital Santa Catarina, Blumenau)
	Norida Teotônio de Castro (Unifenas, Minas Gerais)
	Márcio Fernandes (Unicentro-PR-Brasil)
	Maria Aparecida Baccega (ESPM-SP-Brasil)
	Fauston Negreiros (UFPI)

Ler é uma arte muito complexa - é o que nos revelará até mesmo o exame mais apressado de nossas sensações como leitores. E nossas obrigações como leitores são muitas e variadas. Mas talvez se possa dizer que nossa primeira obrigação para com um livro é que devemos lê-lo pela primeira vez como se o tivéssemos escrevendo. Para começar, devemos nos sentar no banco dos réus e não na poltrona do juiz. Devemos, nesse ato de criação, não importa se bom ou ruim, ser cúmplices do escritor. Pois cada um desses livros, não importando o gênero ou a qualidade, representa um esforço para criar algo. E nossa primeira obrigação como leitores é tentar entender o que o escritor está fazendo, desde a primeira palavra com que compõe a primeira frase até a última com que termina o livro.

(Woolf, 1931)

PREFÁCIO

O convite para escrever o prefácio de uma obra desta natureza, fruto de anos de pesquisa e estudo, envolvendo diferentes campos do saber, é uma honra e responsabilidade. *A Literatura para situações: um recurso para a Psicologia Existencialista* é um livro que demonstra dinamismo e interdisciplinaridade, em que Literatura, Filosofia e Psicologia entram em diálogo.

Quando, em 2022, fomos convidadas a fazer parte das bancas de qualificação e defesa de dissertação, aceitamos o convite, ainda sem saber que tal pesquisa se tornaria o presente livro. Mas desde lá, foi impressionante como pudemos ver o desejo de Candido acerca da Literatura que humaniza de forma materializada, assim como a ideia da ficção como Verdade, uma vez que ela interpreta honesta e inteligentemente um problema humano genuíno.

Thaís e Sylvia, com delicadeza e excelência, apresentam uma reflexão primorosa e inovadora sobre o lugar das produções literárias nos processos de subjetivação e, por essa razão, no campo das práticas em psicologia, sejam elas no âmbito individual ou coletivo. O que os livros nos contam sobre nós e sobre os outros? Entre o imaginário ilustrado nas obras e a vida cotidiana, o que se apresenta?

Pautadas na filosofia e psicologia existencialista de Jean-Paul Sartre, as autoras fundamentam que as obras literárias, de modo dialético, trazem à cena biografias singulares, histórias dos grupos e as épocas. Nesse sentido, a produção e a leitura de uma obra podem contribuir para a ampliação do horizonte de compreensão sobre as situações vividas pelas pessoas, gerar a consideração de outros possíveis, alterar as possibilidades de escolhas e, com isso, participar na construção dos projetos existenciais e históricos.

As autoras nos trazem que, para Sartre (1947/2015, p. 44), "toda obra literária é um apelo" a liberdade de outro. A relação escritor e leitor é complexa e imprevisível. Quem escreve e o que escreve, fruto de uma subjetividade, atinge quem lê inexoravelmente; este, por sua vez, por meio de sua própria subjetividade, se apropriará do que leu de modo particular, podendo ser distante ou não do modo como o escritor gostaria de ser lido. Isto é, a solicitação à liberdade do leitor está posta, mas o que ele fará com isso?

As autoras defendem nesta obra que a literatura, nascida sob o fundo do mundo, tem um caráter mediador nas experiências do sujeito, podendo ser ferramenta da psicologia. Entretanto, atentas aos princípios metodológicos propostos por Sartre, expostos na Psicanálise Existencial e em Questão de Método, elas não propõem que o uso da *literatura para a situação* se configure como uma técnica esvaziada, que viraria um receituário, mas um recurso essencialmente provocativo que ilustra situações frente às quais as pessoas podem se reconhecer, reconhecer o outro e ao seu mundo e, ainda, compartilhar as ressonâncias do que é lido.

Generoso e consistente, o texto perfaz um caminho em que as/os leitoras/es são gradualmente situadas/os sobre o lugar da literatura e a sua marginalidade na esfera política, o que revela seu caráter de desvelar e transformar a realidade, de se fazer resistência; sobre a filosofia sartriana e a psicologia sartriana, suas principais noções teórico-metodológicas e sobre a literatura e a literatura situada na obra sartriana, que prevê a todo tempo o engajamento. Este último ponto é de relevância ímpar para o trabalho que temos em mãos. Thaís e Sylvia falam com a sua época. Como psicólogas e pesquisadoras, defendem uma psicologia que não deve ser reprodução e omissão, mas participação e transformação, percebendo na literatura uma aliada para esse projeto. Como assinala o próprio Sartre, lembram as autoras:

> E se esse mundo me é dado com suas injustiças, não é para que eu as contemple com frieza, mas para que as anime com minha indignação, para que as desvende e as crie com sua natureza de injustiças, isto é, de abusos-que-devem-ser-suprimidos. Assim, o universo do escritor só aparecerá em toda a sua profundidade no exame, na admiração, na indignação do leitor; e o amor generoso é promessa de manter, e a indignação generosa é promessa de mudar, e a admiração é promessa de imitar. (Sartre, 1947/2015, p. 56).

Foi assim que se chegou à tese do uso da literatura para a situação e sua relação com as práticas da Psicologia. De fato, a Literatura funciona como uma ferramenta mediadora do sujeito com sua vivência. Do mesmo modo, é o papel da pessoa psicóloga. Dessa forma, usar o texto escrito como instrumento da Psicologia parece ser um casamento perfeito, afinal, as histórias contadas podem trazer identificação e, consequentemente, reflexão, movimento *sine qua non* para o sujeito perceber, entender, e/ou superar sua condição.

Acreditamos que as pessoas leitoras, especialmente estudantes de Letras e Psicologia, alicerçados no existencialismo sartriano e na Literatura, possam entender como as contribuições da arte literária podem ser valiosas para os fazeres e saberes da psicologia existencial. Assim, recomendamos a leitura e finalizamos com as palavras de Petit (2010, p. 266), citada pelas autoras desta obra:

> Os livros são hospitaleiros e nos permitem suportar os exílios de que cada vida é feita, pensá-los, construir nossos lares interiores, inventar um fio condutor para nossas histórias, reescrevê-las dia após dia. E algumas vezes eles nos fazem atravessar oceanos, dão-nos o desejo e a força de descobrir paisagens, rostos nunca vistos, terras onde outra coisa, outros encontros serão talvez possíveis. Abramos então as janelas, abramos os livros.

Prof.ª Dr.ª Geniane Diamante F. Ferreira

Universidade Estadual de Maringá – UEM

Prof.ª Dr.ª Zuleica Pretto

Universidade Federal de Santa Catarina – UFSC

SUMÁRIO

INTRODUÇÃO 13

1
À QUAL EXISTENCIALISMO RECORREMOS AQUI, AFINAL? 23

1.1 A existência engajada de Jean-Paul Sartre 26

1.2 A filosofia existencial de Jean-Paul Sartre e suas contribuições
para pensar o ser-no-mundo 34

1.2.1 Os modos de ser da consciência e seus níveis de apreensão do mundo 41

1.2.2 Em busca do Ser: a constituição do sujeito 48

1.2.3 A subjetividade na dimensão antropológica 65

2
A PSICOLOGIA DE BASE EXISTENCIALISTA SARTRIANA 75

2.1 A Psicanálise Existencial 79

2.2 O Método Progressivo-Regressivo 84

3
ERA UMA VEZ A LITERATURA 91

3.1 Que é Escrever? Escrever, desvelar e transformar a realidade 92

3.2 Por que se escreve? A defesa da liberdade 95

3.3 Para quem se escreve? As diferentes plateias
das diferentes literaturas 101

4
A LITERATURA SITUADA NA PSICOLOGIA EXISTENCIALISTA
DE BASE SARTRIANA 113

5
EM DEFESA DA LITERATURA: CONSIDERAÇÕES FINAIS 145

REFERÊNCIAS 157

INTRODUÇÃO

Os livros, enfim, são um convite à transcendência, ao desvario, à errância, ao desvio
em relação ao destino bovino da humanidade conformada.

Bradbury (1953/2012)

Toda experiência literária é permeada por ao menos dois momentos: o momento da escrita e o momento de leitura. Momentos distintos, mas inter-relacionados. Primeiro, é necessário o desenrolar da escrita; é necessário que a pessoa[1] autora escolha – entre tantas possíveis temáticas, entre todas as suas inquietações, entre tudo aquilo que precisa ser dito – sobre o que escrever, para poder compilar suas ideias por meio da escrita, transmitindo pelas palavras as nuances de uma existência. Um processo único e singular; diferente para cada pessoa que opte por embarcar nessa empreitada; composto por construções e reconstruções. A história é finalizada – o livro é editado, impresso, divulgado – mas é por meio da leitura de outrem que a experiência literária, enfim, conclui-se. A pessoa leitora se faz responsável por costurar as palavras escritas pelo fio de sua subjetividade; resgatar aquela obra outrora encerrada para iniciá-la novamente; criar e recriar sentidos e significações enquanto espera pelo que acontecerá no próximo capítulo; se satisfazer ou se decepcionar com o final criado por quem escreveu.

No entanto, engana-se quem pensa que a experiência literária se limita à leitura finalizada ou apenas a um momento de lazer/entretenimento. "A ficção... não existe meramente para entretenimento; de fato, a ficção mais eficaz pode ser definida como aquela que interpreta honesta e inteligentemente *um problema humano genuíno*"[2] (Jaffe & Scott, 1966, p. 13, tradução nossa). Ler é transcender à realidade, atuando sobre ela de forma engajada de modo a transformá-la; de certo modo, ler é um ato de revolução; é revisitar a história da realidade humana, a vida em movimento, registrada por diferentes subjetividades, seja esse registro ficcional ou não; é ampliar o campo dos possíveis de cada pessoa leitora que se lança a uma existência em constante construção. Atrevemo-nos a dizer que ler é poesia pura e sincera.

---

[1] Utilizaremos o termo **pessoa** no lugar dos termos "indivíduo" e "homem", a fim de abarcar a diversidade de gênero; e quando adjetivos e substantivos estiverem no gênero feminino, estarão reportando-se à palavra pessoa. O termo **sujeito** será usado quando nos referirmos à pessoa que edifica a sua vida.

[2] "Fiction [...] does not exist merely for entertainment; indeed, the most effective fiction might be defined as that fiction which interprets honestly and intelligently *a genuine human problem*" (Jaffe & Scott, 1966, p. 13).

O interesse em estudar a relação entre literatura e Psicologia[3] surgiu de um pensamento; semelhante à experiência relatada por Virginia Woolf (1929/2014) quando pensava sobre a possibilidade de estudar a temática "mulheres e ficção",

> Era possível passar um dia inteiro nesse lugar com a mente perdida em pensamentos. Um pensamento – para lhe dar um nome mais altivo do que merece – tinha deixado seu rastro pela corrente. Oscilava, minuto a minuto, para cá e para lá entre os reflexos e as plantas aquáticas, deixando-se mostrar e submergir na água até... Sabe aquele puxão, e então um amontoado de ideias na ponta da linha, e depois o recolher cauteloso e a exposição cuidadosa? Por fim, assentado na grama, tão pequeno e tão insignificante parecia esse meu pensamento; o tipo de peixe que um bom pescador devolveria à água para que engordasse e um dia fosse digno de ser cozido e comido... Por menor que fosse, esse pensamento tinha, apesar de tudo, o mistério próprio da sua espécie - de volta à mente, tornou-se imediatamente muito empolgante e digno de atenção; e, conforme zunia, afundava e zanzava para lá e para cá, despertava um aluvião e um tumulto de ideias tal que me era impossível ficar parada. (Woolf, 1929/2014, p. 14).

O interesse específico pela literatura dá-se por percebê-la como uma fonte de histórias ricas em temáticas diferenciadas que estão, direta ou indiretamente, relacionadas às pessoas que se contatam com ela, podendo operar como mediadora entre a pessoa, seu contexto sociomaterial e sua existência em tal contexto. Como aponta Michele Petit, antropóloga francesa pela qual nos afeiçoamos no momento de elaboração da problemática aqui tratada,

> Os livros lidos ajudam algumas vezes a manter a dor ou o medo à distância, transformar a agonia em ideia e a reencontrar a alegria: nesses contextos difíceis, encontrei leitores felizes. Viviam em um ambiente pouco habituado à felicidade. Seus olhares eram às vezes bastante sofridos. E, no entanto, souberam fazer uso de textos ou fragmentos de textos, ou ainda de imagens, para desviar sensivelmente o curso de suas vidas e pensar suas relações com o mundo. (Petit, 2010, p. 33-34).

---

[3] Esta obra é resultado de dissertação apresentada ao Programa de Pós-Graduação em Psicologia da Universidade Estadual de Maringá (UEM), financiada pela agência CAPES (Coordenação de Aperfeiçoamento de Pessoal de Nível Superior), em que a então mestranda Thaís Fernanda de Oliveira Martins foi orientada pela Prof.ª Dr.ª Sylvia Mara Pires de Freitas. À vista disto, experiências aqui relatadas referem-se às vividas pela primeira autora.

Compreende-se que, enquanto instrumento cultural e artístico, a literatura possui potencial para abordar temáticas cotidianas e, quando apresentada a uma pessoa, ela contribui, em maior ou menor escala, para que ocorra uma reflexão, ou seja, um movimento do pensamento dessa pessoa. Por se tratar de um dispositivo de comunicação, que serve para contar histórias reais ou fantasiosas por meio de diferentes gêneros, podemos afirmar que a literatura em si é social. Sendo assim, ela possibilita que as pessoas que dela se apropriam estabeleçam uma nova ordem de relação com o real.

A relação entre Psicologia e Literatura vem sendo tema de estudo para algumas pessoas pesquisadoras da área da Psicologia, como por exemplo, Gonçalves (2011), que, influenciada por suas próprias experiências, buscou articular a noção de subjetividade sartriana com as narrativas literárias de Sartre, defendendo que a literatura pode ser solicitada como um campo de pesquisa pelos profissionais da humanidade, por ser capaz de proporcionar às pessoas leitoras uma compreensão das experiências humanas. Como concluiu Gonçalves (2011),

> Fazer pesquisa em psicologia social envolve lidar com a alteridade, com formas singulares de existência. A alteridade nos surge como um novo território a ser conhecido, com seu dialeto próprio, suas paisagens (modos de espacialidade) e ritmos (modos de temporalidade). Adentrar este território que é o outro envolve um deslocamento do território que nos é familiar. Nesse sentido, a literatura surge como um campo que possibilita o exercício de contato com a alteridade. Ao nos envolvermos com uma narrativa literária, nos abrimos a um território desconhecido, com uma linguagem própria e com um modo singular de "compor" um mundo que passamos a habitar. Ao mergulharmos neste no mundo da literatura, temos a oportunidade de conhecer uma rica e complexa rede de significados, capaz de revelar modos de constituir sentidos para as vivências humanas. Ao abrir esta possibilidade de transformar nossa maneira de olhar a realidade, a literatura torna-se uma importante prática social e fonte de pesquisa. (p. 94-95).

Entendemos que delimitar um tema a ser investigado não é tarefa fácil. Ainda mais difícil é ter que delimitar um foco de investigação em um campo vasto de atuação da Psicologia, assim como as contribuições que a literatura pode oferecer. O recorte realizado – a psicologia e a arte literária – passou pelo filtro do "especificamente", levando-nos a uma temática mais específica, qual seja, a psicologia existencialista e a literatura. O recorte feito também levou em consideração a significância de que tais discussões partissem de um campo mais amplo da psicologia, informando caminhos para que a relação interdisciplinar psicologia-literatura possa ser cada vez mais contemplada por pessoas pesquisadoras das áreas. Consideramos que esta delimitação é coesa e apropriada ao curto período do qual dispomos para produzi-la. Não obstante, não deixa de ser um recorte importante, visto que a literatura é, ainda hoje, pouco explorada neste campo de atuação da pessoa psicóloga.

Para fundamentar a relação que aqui propomos discutir, literatura e Psicologia, recorremos à filosofia existencialista de Jean-Paul Sartre. Logo, nos encontramos diante de três diferentes campos: Psicologia, Filosofia e Literatura. Campos esses que, cada qual com suas particularidades, se encontram e entrelaçam seus saberes – especialmente quando pensamos na temática aqui abordada. Como coloca Sass (2020):

> Pode parecer estranho afirmar que Sartre teve interesse por essa área [a Psicologia], mas... a psicologia era considerada por Sartre parte integrante da filosofia. Herança de sua formação literária, bem descrita em *As palavras*, e que resultou na escolha da École Normale Supérieure como a instituição responsável por seus estudos superiores. É sabido que o "projeto existencial" de Sartre sempre foi o de ser escritor e romancista, porém, para ele, não bastava somente dominar a arte da retórica e da composição, era preciso construir seus personagens da maneira mais real e concreta possível. (p. 9, grifos do autor).

Diante do exposto, esta obra teve, a princípio, como móbil a seguinte questão: *quais contribuições o pensamento de Jean-Paul Sartre sobre a literatura e sua filosofia existencial nos oferecem para que a arte literária possa ser utilizada como instrumento de intervenção nas práticas da psicologia existencial?* Por conseguinte, pudemos delimitar como objetivo a ser alcançado: **analisar como a literatura pode ser usada como um instrumento mediador do sujeito com suas experiências, nas práticas da Psicologia existencialista sartriana.**

Partindo da ideia do teatro de situações apresentadas por Sartre em sua obra *Un Théâtre de Situations* (1973), em que o autor discorre sobre como os espetáculos teatrais – por meio das histórias encenadas pelas personagens – podem desvelar ao espectador sua própria liberdade, encontramos pistas que nos levaram a pensar as contribuições do que chamamos *literatura para a situação* à prática da Psicologia existencialista sartriana. Trata-se, como demonstraremos pela construção de nossas análises, de uma literatura que, em seu enredo, apresenta situações semelhantes às das pessoas leitoras e que age como mediadora para que essas alcancem uma reflexão sobre suas próprias realidades.

Embora o presente estudo se atenha ao uso da literatura pela Psicologia existencialista, não descartamos que ela também possa ser instrumento às práticas de outras abordagens, que podem solicitá-la segundo as particularidades de seus aportes. Ademais, ainda que não nos aprofundemos nas contribuições que a literatura pode apresentar a cada campo prático da Psicologia existencialista sartriana, o caminho que percorremos nos possibilita pensar o uso da literatura como instrumento por essas diferentes práticas. Visto que a pessoa psicóloga existencialista sartriana, onde quer que atue, atuará baseada nos pressupostos da psicanálise existencial e do método progressivo-regressivo, procuramos pensar as contribuições da literatura para a situação segundo a aplicabilidade de tais métodos. Logo, quando falamos do uso da literatura nas práticas da Psicologia existencialista sartriana, estamos considerando os diferentes campos práticos nas áreas de saúde, social, escolar, trabalho etc.; além do campo acadêmico com o desenvolvimento das práticas de pesquisa e da própria formação da pessoa profissional de Psicologia.

Conforme Sartre (1947/2015), as funções da literatura ultrapassam o simples momento de lazer e se desdobram por toda a existência das pessoas que com ela se engajam, sejam elas autoras ou leitoras. **Falar sobre literatura, segundo a visão de Sartre, é falar sobre uma literatura que se justifica por sua função social**. Por meio da narrativa, as palavras designam objetos, indicam as coisas do mundo, transmitem ideias, informam a nós e às outras pessoas. As palavras encontradas em uma narrativa não são meros objetos de contemplação, são instrumentos de comunicação. Tal como aponta o autor:

> [...] falar é agir; uma coisa nomeada não é mais inteiramente a mesma, perdeu a sua inocência. Nomeando a conduta de um indivíduo, nós a revelamos a ele; ele se vê. E como ao mesmo tempo a nomeamos para todos os outros, no momento em que ele se vê, sabe que está sendo visto; seu gesto furtivo, que dele passava despercebido, passa a existir enormemente, a existir para todos, integra-se no espírito objetivo, assume dimensões novas, é recuperado. Depois disso, como se pode querer que ele continue agindo da mesma maneira? Ou irá perseverar em

> sua conduta por obstinação, e com conhecimento de causa, ou irá abandoná-la. Assim, ao falar, eu desvendo a situação por meu próprio projeto de mudá-la; desvendo-a a mim mesmo e aos outros, para mudá-la. (Sartre, 1947/2015, p. 28).

Tratando-se de arte, cabe lembrar que toda representação tem como pano de fundo o universo. De criação em criação, a pessoa artista nos apresenta um resgate da totalidade do ser. Pela ação, nos revelamos e revelamos o mundo ao nosso redor, nos relacionamos com esse mundo e com seus fenômenos, de modo a transformá-lo e a superá-lo. Não há como a pessoa artista retratar a realidade com uma obra imparcial. Na condição de escolher retratar as injustiças, que faça de modo a superá-las. Se leio acusações acerca da realidade, comprometo-me e torno-me responsável por mantê-la tal qual foi retratada ou por transformá-la. Pela experiência literária, as pessoas escritoras e leitoras são responsáveis pelo universo (Sartre, 1947/2015).

Percebemos, na filosofia existencial de Sartre, o empenho do autor em buscar compreender a constituição do sujeito; constituição essa que se dá por meio de um movimento fluido e incessante; compreensão essa que necessita considerar, em seu processo de análise, a subjetividade de cada pessoa na relação com a objetividade, considerando que ela deve ser compreendida em situação e por meio da fluidez de sua existência. Encontramos, nessa filosofia, contribuições apropriadas para enriquecer o campo das humanidades. Quanto ao desenrolar da Psicologia, segundo o existencialismo sartriano, entende-se que sua prática deve buscar compreender a pessoa em sua totalidade, como singular/universal, subjetivo/objetivo, considerando-o em sua condição sócio-histórica. Ou seja, não devemos ter em conta a pessoa enquanto uma subjetividade desvinculada do campo objetivo, considerando que ela se edifica enquanto sujeito ao mesmo tempo em que constrói o campo sociomaterial e este a constrói. Veremos, então, no desenrolar deste estudo, como Sartre constrói uma filosofia que contribui com uma nova perspectiva para o campo da psicologia.

O que Sartre não nos apresentou, e o que buscamos averiguar, foi um estudo direto que explora as contribuições reais aos saberes e fazeres no campo da Psicologia com o uso de um instrumento tão rico que é a arte literária.

No tocante aos caminhos percorridos, consultamos alguns escritos de Jean-Paul Sartre, sem a pretensão de esgotá-los, que se mostraram válidos para a produção desta obra, tais como: *Esboço para uma Teoria das Emoções*, de 1939; *O imaginário*, publicado em 1940; *O Existencialismo é um Humanismo*, com primeira publicação em 1946; *O Ser e o Nada*, publicado em 1943; *O que é a Subjetividade?*, obra oriunda de uma conferência proferida por Sartre em Roma, no ano de 1961; *Que é a Literatura?*, com primeira publicação em 1947; *Questão de Método*, publicado inicialmente em 1957 e incluso, em 1960, como introdução na obra *Crítica da Razão Dialética*; sua autobiografia, *As Palavras*, publicada em 1963; e, publicado em 1973, *Un théâtre de Situations*. Além das obras de Sartre, recorremos, também, a outras pessoas autoras que – em diálogo com a filosofia sartriana e com o objetivo de pesquisa – apresentaram contribuições para que melhor abordássemos a temática proposta, como: Tzvetan Todorov (1939-2017) e seu escrito *A Literatura em Perigo*, de 2007; Michèle Petit (1946) e sua obra *A Arte de Ler ou como Resistir à Adversidade*, de 2010; Hans Robert Jauss (1921-1997), com o movimento teórico da "estética da recepção" apresentado em sua obra *A História da Literatura como Provocação à Teoria Literária*, de 1969; e Antônio Cândido (1918-2017) com suas contribuições acerca do direito à literatura apresentadas em seus *Vários Escritos*, de 1953.

Para além de implicações pessoais, teóricas e práticas, a concepção desta obra se deu, também, considerando fatos que abalaram o cenário literário no Brasil. Quando, em setembro de 2019, na Bienal do Livro realizada na cidade do Rio de Janeiro, a comunidade literária presenciou mais um momento de censura. Trata-se de um grande encontro literário internacional, onde as pessoas leitoras recebem a oportunidade de estar em contato com as pessoas autoras de sua preferência, conhecer outras tantas e se contatarem com inúmeros títulos literários.

Nesta edição da Bienal, o então prefeito do Rio de Janeiro, Marcelo Crivella, iniciou uma caçada pela história em quadrinhos *Vingadores - A Cruzada das Crianças*, cuja série é assinada por Allan Heinberg[4], pois ela trazia em suas ilustrações uma cena representada por duas pessoas do sexo masculino se beijando, considerada inapropriada, segundo Crivella, por se tratar de um livro destinado a crianças e adolescentes. Crivella pronunciou[5]

---

[4] Segundo o site UOL (2019), Allan Heinberg é considerado um grande roteirista e produtor de aclamados filmes e séries, como *Mulher Maravilha*, *Sex and the City* e *Gilmore Girls* – que se assemelham ao colocarem em cena questões referentes à posição da mulher em seu meio. Assumidamente gay, Heinberg é engajado na luta por uma maior representatividade sexual em produções artísticas. Através de sua criação, *Jovens Vingadores*, apresenta a versão adolescente dos já conhecidos heróis da editora Marvel. Com o quadrinho intitulado *Vingadores – A Cruzada das Crianças*, apresentou ao público um dos primeiros casais gays das histórias da Marvel, com os personagens Wiccan e Hulkling. Para mais informações, acesse: https://entretenimento.uol.com.br/noticias/redacao/2019/09/06/que-e-allan-heinberg-autor-da-hq-a-cruzada-das-criancas-que-causou-polemica.htm

[5] Para mais informações, acesse: https://g1.globo.com/rj/rio-de-janeiro/noticia/2019/09/05/crivella-pede-para-recolher-livro-dos-vingadores-vendido-nabienal.ghtml; https://twitter.com/MCrivella/status/1169752491178831873?ref_src=twsrc%5Etfw%7Ctwcamp%5Etweetembed%7Ctwter-

que iria retirar as edições de tal obra do evento que já estava em andamento. Foram realizadas manifestações e posicionamentos a favor e contra o pronunciamento do ex-prefeito.

A prefeitura enviou agentes ao evento a fim de que fiscalizassem, "aleatoriamente", obras que pudessem conter, segundo a noção do ex-prefeito, conteúdos impróprios sem a devida sinalização. Após a inspeção, esses conteúdos não foram encontrados. Ao revés, o livro em questão se esgotou rapidamente; passeatas e manifestações foram realizadas no local do evento e a prefeitura chegou a enviar fiscais sem uniforme, em uma nova tentativa de fiscalização. Em meio ao ocorrido, o Supremo Tribunal Federal (STF), em 8 de setembro de 2019, suspendeu a decisão judicial que permitia a apreensão de livros na Bienal[6], considerando que a atuação da prefeitura do Rio de Janeiro era um atentado à liberdade de expressão e que as motivações do ex-prefeito não tinham respaldo no Estatuto da Criança e do Adolescente (ECA), mas em um posicionamento heteronormativo.

Mencionamos, acima, **mais um** momento de censura, pois não nos esquecemos das inúmeras obras literárias que já foram censuradas por todo o mundo: *Lolita* (1955), de Vladimir Nabokov; *1984* (1949), de George Orwell; *Admirável mundo novo* (1932), de Aldous Huxley; *O crime do Padre Amaro* (1875), de Eça de Queiros; *Feliz ano novo* (1975), de Rubem Fonseca; e até mesmo a saga de fantasia infanto-juvenil, *Harry Potter*, com primeiro livro (*Harry Potter e a Pedra Filosofal*) publicado em 1997, de J. K. Rowling[7], entre tantos outros títulos e pessoas autoras censuradas por não condizerem com as ideologias dominantes de certos períodos, como por exemplo, o Regime Nazista[8] ou a Ditadura Militar.

---

m%5E11697524911788831873%7Ctwgr%5E%7Ctwcon%5Es1_&ref_url=https%3A%2F%2Fwww.b9.com.br%2F113707%2Flivro-que-marcelo-crivella-tentou-censurar-esgota-em-menos-de-uma-hora%2F

[6] Para mais informações, acesse: https://g1.globo.com/politica/noticia/2019/09/08/toffoli-suspende-decisao--judicial-que-permitia-apreensao-de-livros-na-bienal-do-rio.ghtml

[7] Para mais informações, acesse: https://blog.estantevirtual.com.br/2016/11/16/literatura-censurada-os-livros-proibidos/

[8] A censura à literatura durante o Regime Nazista levou os nazistas a queimarem exemplares de livros considerados impróprios. Sobre esse evento, o poeta Bertolt Brecht (1898-1956) escreveu o poema *A queima de livros* (no original, *Die Bücherverbrennung*): "Quando o regime ordenou que fossem queimados publicamente/Os livros que continham saber pernicioso, e em toda parte/Fizeram bois arrastarem carros de livros/Para as pilhas em fogo, um poeta perseguido, /Um dos melhores, estudando a lista dos livros queimados/Descobriu, horrorizado, que os seus/Haviam sido esquecidos. A cólera o fez correr / Célere até sua mesa, e escrever uma carta aos donos do poder. / *Queimem-me!* Escreveu com pena veloz. *Queimem-me! / Não me façam uma coisa dessas! Não me deixem de lado! Eu não / Relatei sempre a verdade em meus livros? E agora tratam-me / Como um mentiroso! Eu lhes ordeno: / Queimem-me!*". Para mais informações, acesse: https://blogdocastorp.blogspot.com/2021/10/bertolt-brecht-

Outra grande ameaça à literatura veio por meio do Projeto de Lei 3887/2020 para reforma tributária, apresentado em julho de 2020, pelo Ministro da Economia, Paulo Guedes, que indicou a proposta da taxação dos livros. Em 1946, o então deputado e escritor Jorge Amado apresentou uma emenda constitucional isentando do pagamento de impostos ao papel utilizado na impressão de livros, revistas e jornais. Anos depois, em 1988, a medida passou a valer, também, para o livro em si; assim, os livros passaram a ser considerados isentos de tributação. A partir de 2004, aprovada a Lei 10.865, os livros também foram liberados do pagamento de tributos federais sobre consumo, o COFINS (Contribuição para o Financiamento de Seguridade Social) e o PIS (Programa de Integração Social). Na condição de ser aprovada a taxação proposta por Paulo Guedes, os livros, até então isentos de tributação, perderiam tal benefício e ficariam sujeitos a uma taxação de 12%, a alíquota geral da chamada CBS (Contribuição Social sobre Operações com Bens e Serviços). Com efeito, previa-se um aumento na desigualdade do acesso ao conhecimento e à cultura. De acordo com uma matéria escrita por Walter Porto à Folha de São Paulo[9], publicada em 31 de outubro de 2022, os profissionais vinculados ao mercado dos livros preveem – a partir do novo mandato de Luiz Inácio Lula da Silva, eleito em segundo turno em 30 de outubro de 2022 – que a proposta da taxação de livros deixará de ser uma ameaça. No entanto, o que temos até o momento são algumas especulações – mesmo que bem fundamentadas, nas perspectivas do que se espera do novo cenário político do Brasil. A ameaça à literatura apresentada pela proposta de taxação ocorreu e não podemos garantir que não ocorrerá novamente; assim como o surgimento de novas ameaças.

Outro grande marco para a literatura vem por meio do decreto de recriação do Ministério da Cultura – anunciado em janeiro de 2023, logo nos primeiros dias do retorno do governo Lula – em que o governo indicou, através do decreto nº 11.336[10], a criação da **Secretaria de Formação, Livro e Leitura**, que contará com duas diretorias: a de *Educação e Formação Artística* e a do *Livro, Leitura, Literatura e Bibliotecas*. Essa nova configuração surge com o intuito de democratizar o acesso ao livro e à leitura; por meio de projetos

---

-queima-de-livros.html#:~:text=Indigna%2Dse%2C%20assim%2C%20o,%C3%A0%20daninha%20ideologia%20de%20plant%C3%A3o

[9] Para mais informações, acesse: https://www1.folha.uol.com.br/ilustrada/2022/10/lula-deve-deixar-taxacao--de-livros-de-lado-e-melhorar-dialogo-com-setor-editorial.shtml

[10] Para mais informações, acesse: https://pnmais.com/wp-content/uploads/2023/01/DECRETO-No-11.336-DE--1o-DE-JANEIRO-DE-2023-DECRETO-No-11.336-DE-1o-DE-JANEIRO-DE-2023-DOU-Imprensa-Nacional.pdf

e programas vinculados ao Plano Nacional do Livro e Leitura[11] (PNLL), que visam potencializar a arte literária por todo o território nacional[12].

Talvez as distopias, como *Fahrenheit 451*, de Ray Bradbury (1953/2012), – outra das obras literárias que sofreram censura – não sejam mais tão distópicas assim. Mesmo diante de significativas melhoras, fica evidente o perigo pelo qual a literatura vem passando, afinal, como bem nos disse Bradbury, "existe mais de uma maneira de queimar um livro. E o mundo está cheio de pessoas carregando fósforos acesos" (p. 210).

Frente ao exposto até o momento, e com vista às recentes ameaças à literatura, consideramos produzir uma pesquisa que visa contribuir com a defesa de uma literatura livre de amarras alienadoras e que desvele, ainda mais, sua função social – que ultrapassa os momentos de lazer de cada pessoa leitora – enquanto instrumento para uma luta crítica e engajada, e que pode dispor de grande relevância social e científica.

---

[11] Para mais informações, acesse: https://www.gov.br/turismo/pt-br/secretaria-especial-da-cultura/assuntos/pnll

[12] Para mais informações, acesse: https://www.publishnews.com.br/materias/2023/01/02/governo-lula-cria-secretaria-de-formacao-livro-e-leitura-e-exonera-presidente-da-fbn

À QUAL EXISTENCIALISMO RECORREMOS AQUI, AFINAL?

O que sou eu? Pergunto! Isto? Não, sou aquilo. Especialmente agora, quando saí de uma sala, e as pessoas falando, e as janelas de pedra ressoam sob meus passos solitários, e observo a lua subindo, sublime, indiferente, por sobre a capela secular - então se torna claro que não sou um só e simples, mas complexo e muitos.

Virgínia Woolf (1931)

As diferentes tendências filosóficas enraizadas no existencialismo possuem em comum o interesse pela existência humana; procura questionar o modo de ser da pessoa no mundo e, com isso, questiona também o próprio mundo. Buscando datar seu início, podemos identificar o surgimento do existencialismo a partir dos estudos do filósofo dinamarquês Kierkegaard que, refutando a filosofia hegeliana, afastou-se das ideias de conceitos racionais, atentou-se para a experiência singular de cada pessoa e compreendeu a existência como mudança, isto é, "como uma tensão entre o que o homem é e o que ele não é" (Ewald, 2008, p. 157). Foi Martin Heidegger quem relacionou, por meio dos seus estudos acerca do Ser, a fenomenologia e o existencialismo; "sua diferença com os autores existencialistas que surgiram durante a segunda Guerra, é que ele não está colocando em questão a existência humana, preocupação fundamental para os existencialistas franceses" (p. 158), mas o próprio Ser. Muitos outros nomes se destacaram na corrente existencialista, como por exemplo, Karl Jasper, Simone de Beauvoir e Merleau-Ponty, mas pode-se dizer que o auge da disseminação do existencialismo deu-se pelas publicações filosóficas e literárias do francês Jean-Paul Sartre. Cada um desses autores, à sua maneira, buscou criar suas próprias linhas de pensamento a respeito da existência humana; ora adotando as concepções filosóficas de seus colegas fenomenólogos e existenciais, ora as negando e reformulando a partir de suas próprias convicções (Ewald, 2008). Aqui, respaldamos nossas investigações na filosofia existencialista de Sartre, e é sobre ela que discutiremos a seguir.

Muito além de designar uma vertente filosófica, em 1940 o termo existencialista passou a ser empregado, também, para classificar o estilo de vida de jovens que escolhiam viver o amor livremente, que passavam as noites acordados, frequentavam clubes de jazz, chocando os mais velhos que enxergavam nesse movimento uma certa balbúrdia. Quanto à filosofia existencialista, Bakewell (2017), em seu livro *No café existencialista*, nos conta que pode-se

> [...] situar o nascimento do existencialismo moderno na virada de 1932 para 1933, quando três jovens filósofos estavam sentados no Bec-de-Gaz, um bar na Rue du Montparnasse, em Paris, pondo as novidades em dia e tomando coquetéis de damasco a especialidade da casa. (Bakewell, 2017, p. 9).

Na ocasião, Raymond Aron falava com seus colegas Sartre e Beauvoir a respeito de uma filosofia fenomenológica que conhecera em Berlim. O que o intrigou, segundo a história, foi a característica que encontrou no pensamento da fenomenologia de Edmund Husserl e seu método de redução fenomenológica (*Epoché*) de "voltar às coisas mesmas", que seria dizer:

> [...] não perca tempo com as interpretações que vão se somando às coisas e, principalmente, não perca tempo perguntando se as coisas são reais. Apenas olhe para *isso* que se apresenta a você e descreva esse *isso*, seja o que for, com a máxima precisão possível. (Bakewell, 2017, p. 10, grifos da autora).

Além dos pensamentos de Husserl, as contribuições do fenomenólogo Martin Heidegger também se fizeram presentes pela forma com que buscava responder a "o que é *ser*, para uma coisa?" (Bakewell, 2017, p. 10, grifos da autora). Para tanto, Heidegger empregava o método fenomenológico de investigação, recomendando que se "desconsidere o acúmulo intelectual... [e] preste atenção nas coisas e deixe que elas se revelem a você" (p. 10). Um momento significativo desse encontro foi quando Aron disse a Sartre algo como "'pois veja, *mon petit camarade*'... – 'meu camaradinha', como o chamava afetuosamente desde os tempos de escola – 'se você é um fenomenólogo, pode falar sobre esse coquetel e fazer filosofia a partir dele!'" (p. 11, grifos da autora). Logo, os jovens perceberam na fenomenologia o interesse por conectar a filosofia com as experiências reais cotidianas.

Como descreve Angerami (1985),

> [...] a fenomenologia surge como sendo uma tentativa de análise do fenômeno enquanto fenômeno. Dessa maneira, as

> generalizações na vã tentativa de compreensão do homem
> são deixadas de lado e apenas a singularidade de cada fenô-
> meno é que passa a ser considerada. E se por um lado parece
> extremamente simples analisar-se o fenômeno pelo próprio
> fenômeno, por outro essa tarefa se reveste de modo bastante
> complexo na medida que sempre temos um conceito aprio-
> rístico sobre os fenômenos. E analisá-los como fenômenos
> sem pré-conceitos significa desrevestir-se de valores muitas
> vezes enraizados ao longo de anos de reflexão. (p. 32).

Era essa a filosofia que Sartre buscava. Pouco depois, em 1933, Sartre se dirigiu para Berlim a fim de estudar alemão para que pudesse aprender fenomenologia a partir dos escritos originais. Passado um ano, quando retornou à Paris, carregava consigo a fenomenologia alemã incrementada por suas próprias contribuições – marcadas de um teor literário que Sartre cultivava desde a infância – que viriam a ser conhecidas como o *existencialismo moderno* (Bakewell, 2017).

> O genial da invenção de Sartre foi que ele realmente converteu
> a fenomenologia numa filosofia de coquetéis de damasco – e
> dos garçons que os serviam. E também numa filosofia sobre a
> expectativa, o cansaço, a apreensão, o entusiasmo, um passeio
> pelas montanhas, a paixão por uma mulher desejada, a aversão
> por uma mulher indesejada, os jardins parisienses, o mar
> gelado de outono em Le Havre, a sensação de estar sentado
> no forro de um sofá muito estofado, a maneira como os seios
> de uma mulher se espraiam quando está deitada de costas, a
> emoção de uma luta de boxe, de um filme, de uma canção de
> jazz, a rápida visão de dois desconhecidos se encontrando à
> luz de um poste na rua. (Bakewell, 2017, p. 13).

Em sua trajetória existencial, Jean-Paul Sartre agregou conhecimentos não só ao campo da filosofia, mas também da antropologia, da psicologia, da literatura, da política e da cultura. Faz-se necessário situarmos o existencialismo sartriano para – além de servir como pressuposto teórico de nossas investigações – que consigamos compreender as contribuições que emergem da relação de uma filosofia que se atenta ao ser real cotidiano, com uma Psicologia e uma literatura que experimentam esse mesmo interesse. O ser, real e concreto, é denominador comum no encontro desses três campos. Busquemos agora conhecer um pouco mais sobre os caminhos percorridos por Sartre no decorrer da construção de sua filosofia.

1.1 A existência engajada de Jean-Paul Sartre

Fruto de um casamento por conveniência entre Jean-Baptiste e Anne-Marie, Jean-Paul Sartre nasceu no dia 21 de julho de 1905 em Paris, na França. Pouco depois de seu nascimento, o pai, acometido pelas febres da Cochinchina, antes mesmo de oficializar o seu casamento com Anne-Marie, veio a falecer. Filho e mãe vivenciaram um complicado início de relação e, porventura dessa nova reconfiguração familiar, acabaram por morar com os avós maternos de Sartre – Charles e Louise. Sobre seu pai, Sartre pouco falava; afinal, como falar sobre uma relação que sequer teve tempo de existir? As considerações que ele nos apresenta sobre seu pai carregam um tom de indiferença e concluem que "esse pai não é sequer uma sombra, nem sequer um olhar: ele e eu pesamos, por algum tempo, sobre a mesma terra, é só" (Sartre, 1964/2018, p. 20). Quanto a sua mãe, por vezes descrita como corajosa e outras como submissa aos pais, aponta:

> Mostram-me uma jovem gigante e me dizem que é minha mãe. Por mim, tomá-la-ia antes por uma irmã mais velha. Esta virgem sob vigilância, submetida a todos, vejo que se encontra aí para me servir. Eu a amo: mas como haveria de respeitá-la, se ninguém a respeita? (Sartre, 1964/2018, p. 21).

Um menino comportado, impregnado pela cultura e sempre pronto para despertar a admiração das mais diferentes pessoas, percebemos, em alguns momentos da narrativa, que Sartre (1964/2018) desempenhava seu papel na infância tal qual o ator quando as cortinas se abrem. Em meio ao compilado de obras que seu avô possuía, o interesse pela literatura despertou logo cedo:

> Comecei minha vida como hei de acabá-la, sem dúvida: no meio dos livros... Eu ainda não sabia ler e já reverenciava essas pedras erigidas... Eu os tocava às escondidas para honrar minhas mãos com sua poeira, mas não sabia bem o que fazer com eles e assistia todos os dias a cerimônias cujo sentido me escapava: meu avô – tão canhestro, habitualmente, que minha mãe lhe abotoava as luvas – manejava esses objetos culturais com destreza de oficiante. (Sartre, 1964/2018, p. 31).

Além de seu avô, sua avó Louise também apreciava momentos de leitura de obras que mantinha escondidas do pequeno Sartre devido ao seu teor "exclusivamente feminino" (Sartre, 1964/2018, p. 32), como dizia Charles. Tão logo aprendeu a ler, Sartre passou a construir suas próprias cerimônias

A LITERATURA PARA SITUAÇÕES: UM RECURSO PARA A PSICOLOGIA EXISTENCIALISTA

como leitor com sentidos que, agora, eram-lhe cada vez mais autênticos. Junto a suas experiências literárias, indagações surgiam: *"de que* falam os livros? Quem os escreve? Por quê?"* (p. 40, grifos do autor).

> [...] eu ficava só... ia juntar-me à vida, à loucura nos livros. Bastava-me abrir um deles para redescobrir esse pensamento inumano, inquieto, cujas pompas e trevas ultrapassavam meu entendimento, que saltava de uma ideia a outra, tão depressa que eu largava a presa cem vezes por página, deixando-a escapulir, aturdido, perdido. (Sartre, 1964/2018, p. 37).

As expectativas que o avô impunha a Sartre não cessaram de crescer. O interesse de Sartre por cada novo livro que recebia levava Charles a reconhecer no neto um grande prodígio para a cultura; quanto ao neto, este sentia-se satisfeito por agradar. Considerado adiantado demais para a sua idade, Sartre desfrutava mais da companhia de homens adultos do que de outras crianças de sua idade; prezava pelas aventuras silenciosas de suas amizades literárias e desgostava da bagunça com que se deparava na realidade. Por vê-lo como uma criança muito prodigiosa, o avô matriculou Sartre no Liceu Montaigne onde foi colocado logo no terceiro ano do primário.

Apesar de ler muito bem, a escrita de Sartre ainda não havia se desenvolvido tal qual se esperava dos alunos do terceiro ano. Com isso, a diretoria indicou que Sartre deveria estar no primeiro ano e não no terceiro, como havia propagandeado Charles; o avô se irritou com a situação, se desentendeu com o diretor e retirou Sartre do colégio. Foi chamado um professor particular para ensiná-lo em casa, que também não caiu nas graças de Charles; um tempo depois, ele sumiu.

Por um período, frequentou a escola comunal em Arcachon, onde o avô apresentou suas exigências para com o neto diretamente ao professor, o Sr. Barrault, que Sartre logo passou a respeitar. No outono que se seguiu, a mãe de Sartre o matriculou na Institution Poupon onde estudou durante um semestre, antes que a mãe o retirasse de lá. Voltou, então, a receber aulas particulares em casa. Primeiro com a srta. Marie-Louise, sua antiga professora na Institution Poupon, que também acabou sumindo; e, na sequência, passaram por ele três "professores mais decentes" que Charles providenciara e que, de tão decentes que eram, Sartre os esqueceu (Sartre, 1964/2018).

O pequeno Sartre, observando a forma com que era tratado por sua mãe e seus avós, observando, também, a forma com que esses adultos se relacionavam entre si, logo percebeu ser por eles tomado como uma representação da unidade da família.

> Charles me lisonjeava para engodar a própria morte; em minha petulância, Louise encontrava a justificação de seus despeitos; Anne-Marie, de sua humildade. E no entanto, sem mim, ainda que os seus pais a acolhessem, a delicadeza de minha mãe entregá-la-ia indefesa a Mamie; sem mim, Louise ter-se-ia amuado e Charles ter-se-ia maravilhado diante do monte Cervin, dos meteoros ou das crianças dos outros. Eu era a causa ocasional de suas discórdias e de suas reconciliações. (Sartre, 1964/2018, p. 55).

Assim, Sartre seguiu os primeiros anos de sua infância, em meio aos avós, com a terna companhia de sua mãe. Caía na graça dos adultos, mas não era solicitado por outras crianças. Em seus momentos de solidão, usava da imaginação para realizar-se; por meio de suas fantasias, era herói, corajoso, valente, sempre pronto para satisfazer e agradar quem dele esperasse o que quer que fosse.

O contato de Sartre com a escrita se iniciou por meio de cartas em versos que ele trocava com o avô quando viajava. Logo, estava reescrevendo fábulas que não o agradavam: "eu estava lançado: passei dos versos à prosa e não senti a menor dificuldade em reinventar por escrito as apaixonantes aventuras que eu lia no *Cri-Cri*. Era tempo: ia descobrir a inanidade de meus sonhos" (Sartre, 1964/2018, p. 85); pela escrita, podia realizar as fantasias que, inicialmente, se limitavam ao seu imaginário.

> Mal comecei a escrever, pousei minha pena para rejubilar-me. A impostura era a mesma, mas eu já disse que tomava as palavras como a quintessência das coisas. Nada me perturbava mais do que ver meus garranchos trocando pouco a pouco seu brilho de fogos-fátuos pela pálida consistência da matéria: era a realização do imaginário. (Sartre, 1964/2018, p. 86).

Aos poucos, a partir de cada parágrafo que escrevia e reescrevia, Sartre identificava cada vez mais as singularidades do seu ser escritor. E não cessou de construir histórias, ainda que, de início, sua escolha por reescrever narrativas que não o agradavam tenha causado descontentamento em seu avô, que esperava muito mais da criança prodígio. Sua mãe o incentivou e o encorajou quando Sartre se lançou na escrita, mas após a constante manifestação de desinteresse de Charles, passou ela, também, a não mais estimular suas atividades literárias (Sartre, 1964/2018).

> [...] minhas atividades literárias caíram numa semiclandestinidade; não obstante, eu continuava desenvolvendo-as com

> assiduidade: nas horas de recriação, quinta-feira e domingo, nas férias e, quando me era dada a oportunidade de ficar doente, na minha cama... meus romances substituíam tudo para mim. Em suma, escrevi para o meu prazer. (Sartre, 1964/2018, p. 88).

Charles, que tinha a intenção de que o neto se tornasse professor de letras como ele, e que temia a carreira de escritor, relutou a participar das conversas quando começaram a defender que Sartre seria um escritor, que era essa sua vocação; mas, percebendo ser real a possibilidade de Sartre se tornar um escritor, o chamou para conversar, pontuou suas preocupações e as vantagens que percebia em tal carreira, e o aconselhou a escolher uma segunda profissão para que suas necessidades não dependessem apenas de sua escrita (Sartre, 1964/2018).

> Perdido, aceitei para obedecer a Karl [Charles], a carreira aplicada de um escritor menor. Em suma, ele me atirou na literatura pelo cuidado que despendeu em me desviar dela: a tal ponto que me acontece ainda hoje perguntar-me, quando estou de mau humor, se não consumi tantos dias e tantas noites, se não cobri tantas folhas com minha tinta e lancei no mercado tantos livros que não eram almejados por ninguém, na única e louca esperança de agradar a meu avô. Seria cômico: com mais de cinquenta anos, ver-me-ia embaraçado para realizar as vontades de um morto muito velho, numa empresa que ele certamente desaprovaria. (Sartre, 1964/2018, p. 97).

Assim, Sartre trilhava seu caminho sabendo que queria escrever; em meio a sua caminhada, muitos questionamentos sobre qual fim almejava alcançar por sua escrita, foram levantados. Escrevendo ora para agradar um possível leitor, ora para satisfazer-se, reconstruiu-se quantas vezes se fez necessário em sua constante evolução como escritor.

> Minha eternidade futura fez-se meu futuro concreto... ela me deu a paciência de viver: nunca mais desejei pular vinte anos, folhear vinte outros, nunca mais imaginei os dias longínquos de meu triunfo; esperei. A cada minuto, esperei o próximo, porque ela atraia o seguinte. Vivi serenamente na extrema urgência: sempre adiante de mim mesmo, tudo me absorvia, nada me retinha. Que alívio!... já não era o tempo que refluía sobre minha infância imóvel, era eu, flecha disparada por ordem, que furava o tempo e corria reta ao alvo. (Sartre, 1964/2018, p. 133).

Assumindo para si não apenas a vocação de escritor que tanto lhe foi conferida pelas pessoas ao seu redor, Sartre assumiu, também, o projeto de tornar-se professor. Em 1924, iniciou o ensino superior na renomada instituição École Normale Supérieure, na França. Foi lá que conheceu outros intelectuais que viriam a se tornar seus amigos, como Merleau-Ponty e Simone de Beauvoir. Em 1928, recebeu o certificado de Psicologia e de História da Filosofia; e, no ano seguinte, de Filosofia Geral, de Lógica e de Sociologia. Aprovado no Agrégation de Philosophie, passou a dar aula em Le Havre, de 1931 a 1936, quando se transferiu para Lion e, em 1937, retornou a Paris para lecionar no Lycée Pasteur (Schneider, 2011).

Nesse meio tempo, em 1933, como mencionado, logo quando Adolf Hitler fora nomeado chanceler, Sartre partiu para Berlim buscando conhecer melhor a Fenomenologia apresentada por Aron e que o havia instigado. Retornou para a França em 1934 e, enriquecido pela corrente fenomenológica – tendo se debruçado sobre autores como Husserl, Kierkegaard, Heidegger e Hegel –, seus escritos filosóficos, assim como seus romances e ensaios, passaram a abordar, cada vez mais, a temática da existência humana e o significado de ser livre no mundo (Bakewell, 2017). Fruto de seus estudos em Berlim, foi a "tese de conclusão de sua pós-graduação… [que] foi seu primeiro escrito sobre a psicologia fenomenológica, sob a denominação de *La transcendence de l'ego*, publicado em 1936" (Schneider, 2011, p. 68); em tradução, *A transcendência do ego*.

De volta à Paris, contava com o companheirismo de sua parceira, com quem se relacionou até o fim de sua vida – de 1929 até 1980 –, Simone de Beauvoir, ao desenvolver seus estudos (Bakewell, 2017).

> O relacionamento deles era sabidamente aberto, em que cada qual era o parceiro principal e duradouro do outro, mas ambos continuavam livres para ter outros amantes. Os dois exerciam essa liberdade com gosto… Para Sartre e Beauvoir, a relação aberta era mais do que um acerto pessoal; era uma escolha filosófica. Eles queriam viver sua teoria da liberdade… Sartre e Beauvoir também transformaram a filosofia na matéria da vida real de outras maneiras. Os dois acreditavam no engajamento político e colocavam tempo, energia e fama à disposição da causa que apoiassem. (Bakewell, 2017, p. 21-22).

Ainda que tenham tido um relacionamento atípico e conhecido diversos parceiros ao longo de suas vidas, Sartre e Beauvoir permaneceram juntos "até que a morte os separou" – nesse caso, até a morte de Sartre, que faleceu antes de Beauvoir.

O interesse de Sartre pela fenomenologia, aponta Bakewell (2017), refletiu-se em suas obras filosóficas iniciais, como o ensaio intitulado *Uma ideia fundamental da fenomenologia de Husserl: a intencionalidade*, iniciado em Berlim e concluído quando retornou à França e publicado em 1939; *A imaginação*, publicada em 1936; e *O imaginário*, em 1940. No ano de 1939, com o estopim da Segunda Guerra Mundial, Sartre foi convocado como meteorologista em Brumath, na Alsácia. Não tendo muito serviço a ser feito, teve a oportunidade de permanecer em contato com a escrita e a leitura – Cervantes, Marquês de Sade, Kafka, Kierkegaard, Flaubert e outros –, trabalhando em seus projetos pessoais.

> Mantinha o diário e escrevia longas cartas a cada dia, muitas transbordando de afeto a Simone de Beauvoir... Redigia as notas que depois evoluiriam para *O ser e o nada* e escreveu os primeiros rascunhos de sua sequência de romances, *Os caminhos da liberdade*. (Bakewell, 2017, p. 139, grifos da autora).

Em 1940, tendo a guerra alcançado seu clímax, Sartre foi feito prisioneiro em Trier, na Renânia; mesmo nesse contexto, encontrou formas de continuar suas leituras e suas escritas. Pouco depois, conseguiu fugir ao alegar que precisava realizar uma consulta médica com um oftalmologista, devido a sua exotropia, fora do campo de prisioneiros. Tendo conseguido sair, partiu fugitivo para Paris. De volta em Paris, reuniu-se com Beauvoir e outros amigos e, juntos, formaram o *Socialisme et Liberté*, um grupo da Resistência que, mais tarde, uniu-se ao *Sous la Botte*, outro grupo fundado por Merleau-Ponty (Bakewell, 2017).

Mesmo em meio a toda a opressão que a França vinha sofrendo, *O ser e o nada*, no qual a filosofia de Sartre discorre acerca da liberdade, foi publicado em 1943. "O que temos em *O ser e o nada* é um extenso exame da liberdade humana, elaborado com base numa visão simples. Sartre argumenta que a liberdade nos aterroriza, mas não podemos escapar a ela, porque *somos* liberdade" (Bakewell, 2017, p. 153, grifos da autora).

No ano de 1944, Paris foi liberta. Passando os anos de guerra, e tendo em vista a posição de escritor que vinha assumindo, Sartre escreveu uma série de ensaios defendendo a necessidade de uma literatura engajada, que, mais tarde, sucedeu em sua obra *Que é a literatura?*, publicada em 1948. Foi nesse período pós-guerra, também, que, junto de alguns colegas intelectuais, lançaram uma revista cultural chamada *Les Temps Modernes*. Seguiram-se outras publicações, como *Com a morte na alma*, em 1949, terceiro volume de sua série *Os caminhos da liberdade* (Bakewell, 2017).

As obras de Sartre, como nos mostra Bakewell (2017), passaram a ser cada vez mais esperadas pelas pessoas admiradoras de seu trabalho e, também, por aquelas que buscavam criticá-lo. Dentre elas podemos citar a peça *Entre quatro paredes* (1944); a biografia/ensaio filosófico de *Saint Genet: ator e mártir* (1952), e do autor Flaubert, com três volumes e *O idiota da família* (1971 e 1972). Conceder seu tempo às causas que julgava necessitar de seu apoio, incentivou a maioria de seus escritos, mas também trouxe algumas complicações para sua vida que, escrevendo uma média de vinte páginas por dia ao longo de sua vida, intensificou a dosagem de um medicamento que há tempos utilizava, o Corydrane, uma mistura de anfetaminas e aspirinas. Após a revolta húngara contra o comunismo rebelde da União Soviética, acontecimento que também recebeu a atenção engajada do autor, Sartre passou a escrever a *Crítica da razão dialética* (1960).

Na década de 1970, Sartre passou a enfrentar problemas em suas faculdades mentais que logo afetaram seu trabalho. Sua saúde fora muito afetada pelo uso constante de Corydrane e, também, pelo consumo de álcool; além disso, perdera a visão quase que completamente; assim, já não tinha mais disposição para escrever. Os meses finais de Sartre reuniram junto dele muitas pessoas queridas por ele. Em um dos raros momentos em que esteve sozinho por algumas horas, sofreu uma crise respiratória e precisou ser levado ao hospital; após um mês internado, entrou em coma acometido com gangrena e falência renal; no dia seguinte, faleceu. Seu velório aberto ao público, no dia 19 de abril de 1980, contou com cerca de 50 mil pessoas; dias depois, o caixão foi desenterrado para uma cerimônia de cremação, dessa vez, presenciada apenas pelas pessoas mais íntimas. As cinzas de Sartre foram depositadas no mesmo cemitério, em um local mais reservado onde, seis anos depois, enterrou-se também as cinzas de Simone de Beauvoir (Bakewell, 2017).

> Na multidão televisionada, vê-se uma enorme variedade de rostos, novos e velhos, negros e brancos, masculinos e femininos. Eram estudantes, escritores, pessoas que se lembravam de suas atividades na Resistência durante a guerra, sindicalistas cujas greves ele apoiara, ativistas lutando pela independência da Indochina, da Argélia e de outros lugares, homenageando as contribuições de Sartre a suas campanhas... Mas muitos foram apenas por curiosidade ou oportunidade, ou porque Sartre havia feito alguma pequena diferença em algum aspecto de suas vidas – ou porque o final de uma vida tão incomum exigia um gesto de participação. (Bakewell, 2017, p. 31).

O existencialismo, no entanto, se mantém presente; em um constante caminhar que o permite fluir sem que precise cortar suas raízes.

> [...] as ideias e atitudes existencialistas se entranham tanto na cultura moderna que nem as consideramos existencialistas. As pessoas... falam de ansiedade, falta de integridade, medo de engajamento. Preocupam-se se estão de má-fé, mesmo que não empreguem o termo. Sentem-se assoberbadas pelo excesso de escolhas de consumo e, ao mesmo tempo, veem-se com um controle cada vez menor. (Bakewell, 2017, p. 308).

O existencialismo surge para abordar tudo o que há de mais real na existência humana; cada singularidade; cada universalidade. A verdade é que a temática da existência humana já estava em xeque há muito tempo; pode ser que não fosse nomeada de existencialismo, afinal, não é tema exclusivo dessa vertente filosófica, mas podemos encontrar os assuntos defendidos e debatidos por Sartre em diferentes produções. Como é o caso da literatura, e não apenas a literatura de autoria sartriana, mas toda a literatura que, fruto da existência humana, a contempla em suas diferentes instâncias. Existencialismo e literatura se comunicam; assim como existencialismo e realidade; e como literatura e realidade. Todo o conhecimento que adquirimos surge para se somar à totalidade de saberes que estamos construindo.

> O que lemos influencia nossa vida: a história do existencialismo, tal como se difundiu pelo mundo nas décadas de 1950 e 1960, mostra isso muito melhor do que qualquer outra filosofia moderna. Alimentando o feminismo, os direitos homossexuais, a subversão das barreiras de classes e as lutas antirracistas e anticolonialistas, ele deu uma contribuição fundamental para transformar as bases de nossa existência atual. (Bakewell, 2017, p. 274).

Quando Sartre fala sobre literatura, ocupa o lugar de leitor e de escritor. Conforme os relatos apresentados pelo autor em *As Palavras* e por meio de suas demais produções, como *Que é a Literatura?*, é possível conhecermos mais da presença da literatura na vida do autor. Na infância, antes de adotar a ideia de engajamento literário, Sartre recorria à leitura como forma de fugir de uma realidade que não o agradava; as personagens eram suas amigas; as narrativas eram cenários onde experimentava um existir imaginário. Quanto à escrita, iniciou reconstruindo as histórias que não o satisfazia; era uma forma de realizar as fantasias de seu imaginário. A literatura se manteve presente na vida de Sartre; entrelaçando-se com sua filosofia, literatura e filosofia se construíam lado a lado.

Adotando um engajamento literário, Sartre passou a encontrar na leitura formas de conhecer as nuances da realidade em que se encontrava – não que esse movimento não acontecesse também em sua infância, pois mesmo as ficções infantis apresentam a realidade como pano de fundo. Pela escrita, encontrou formas de denunciar as injustiças com as quais se depara va. De modo parecido com o que fazia com as histórias de sua infância, Sartre se munia de literatura para reescrever a história da realidade. Esses modos de se relacionar com a literatura vivenciados por Sartre, e também por muitas outras pessoas leitoras e escritoras, serão retomados em nossas análises na intenção de elucidarmos as considerações que iremos apresentar acerca das contribuições da literatura para a Psicologia existencialista. Para compreendermos o que vem a ser essa Psicologia existencialista, faz-se necessário conhecermos, agora, a filosofia existencial de Jean-Paul Sartre.

1.2 A filosofia existencial de Jean-Paul Sartre e suas contribuições para pensar o ser-no-mundo

Como mencionado, a vertente filosófica escolhida para respaldar o presente estudo denomina-se existencialismo; de forma mais específica, abordamos nesta obra o existencialismo proposto pelo filósofo francês Jean-Paul Sartre. Tendo em vista que **o objetivo deste estudo é analisar como a literatura pode ser usada como um instrumento mediador do sujeito com suas experiências, nas práticas da psicologia existencialista sartriana**, faz-se crucial abordarmos agora a filosofia da qual falamos e seu interesse em discorrer sobre a existência das pessoas no mundo, a fim de melhor compreender os conceitos teóricos que irão subsidiar nossas análises.

Em outubro de 1945, Sartre, a pedido do Club Maintenant, proferiu uma conferência onde buscou rebater as críticas sensacionalistas que o existencialismo recebia, na época, de ser anti-humanista, especialmente após a publicação de seu ensaio ontológico *O Ser e o Nada* (*L'Être et le Néant*), em 1943, e dos dois volumes iniciais de sua trilogia literária *Os Caminhos da Liberdade* (*Les Chemins de la Liberté*), em 1945, *A Idade da Razão* (*L'Âge de Raison*) e *Sursis* (*Le Sursis*). A conferência em questão originou a obra que hoje conhecemos como *O Existencialismo é um Humanismo* (1946/2014).

Entre as críticas dirigidas, o existencialismo sartriano recebeu acu sações de quem o considerava uma filosofia meramente contemplativa e burguesa; de quem o via como degradante para a natureza humana, por acentuar o dito lado ruim da vida humana; de quem acreditava que a abordagem buscava tratar simplesmente do homem isolado em seu cogito; e de quem o criticava por achar que sua teoria isentava a conduta humana de quaisquer condenações, visto que os mandamentos de Deus eram, por ela, suprimidos. Elucidamos que por existencialismo, Sartre (1946/2014, p. 16) compreende "uma doutrina que torna a vida humana possível e que, por outro lado, declara que toda verdade e toda ação implicam um meio e uma subjetividade humana".

Um dos desafios que o existencialismo enfrentava em 1945 era justamente a popularidade que o termo recebera. Longe de apenas designar o movimento filosófico em questão, a terminologia *existencialismo* – ou *existencialista* – perdera o real significado. Deste modo, passou a ser tranquilamente utilizado até mesmo por pessoas que nem mesmo o compreendiam, assumindo, assim, caráter negativo ao ser associado a todo tipo de conduta ou movimento ávido ao mero escândalo, característica com a qual esta doutrina não compactua.

O existencialismo sartriano – tal qual as demais correntes existencialistas – parte do pressuposto de que **a existência precede a essência**; este princípio existencialista implica dizer que primeiro a pessoa existe, surge no mundo e, depois, diante de como escolhe existir, constrói sua essência. Tal pressuposto se aplica às pessoas, mas não às coisas/objetos do mundo fabricados por elas, visto que essas, primeiro, têm sua essência definida para que, então, possam ser criadas. Antes da existência de um lápis, por exemplo, sua essência (a ideia de uma ferramenta utilizada para se escrever e afins) já estava determinada. Assim, não há para o existencialismo qualquer tipo de natureza humana *a priori*, presente em todos os seres humanos, tal qual encontramos em pensadores como Diderot, Voltaire ou Kant (Sartre, 1946/2014).

Antes de definir-se no mundo pela sua existência, a pessoa é nada; um nada à espera daquilo que se tornará; e que se tornará aquilo que fizer de si mesmo, aquilo que projetar vir a ser, pois a pessoa não é senão o seu projeto e, como tal, é responsável pelo que é. Daí o desconforto fomentado pela doutrina existencialista, ao atribuir à pessoa a condição de ter que realizar escolhas e, por suas consequências, ser responsável. As críticas, portanto, buscavam apontar que o binômio liberdade/responsabilidade, apresentado por Sartre, era de todo individualista.

Contudo, efetivamente, quando Sartre menciona que a pessoa escolhe por si mesma quem ela quer vir a se tornar, o autor não a está descontextualizando da sua condição histórica. O que Sartre aponta é que quando uma escolha é feita, essa implica toda a humanidade, visto que, ao escolher, a pessoa tanto revela o valor que atribui ao ser humano e sua concepção deste, quanto afirma o valor daquilo que escolhe. Desta forma, ela cria uma imagem de como as demais pessoas devem ser, indicando, igualmente, que a escolha que faz é uma possibilidade para que outras pessoas também a façam. Podemos ver, diante disto, o quanto nossa responsabilidade ultrapassa qualquer individualidade, estendendo-se, consequentemente, por toda a humanidade (Sartre, 1946/2014).

Tratando dessa responsabilidade, podemos compreender alguns termos que assolam a realidade das pessoas, como por exemplo, a **angústia** que tanto é falada pelos existencialistas e que emerge, justamente, diante da tomada de consciência da responsabilidade que se tem por si mesmo e pela humanidade.

> E cada um deve se perguntar: sou eu mesmo o homem que tem o direito de agir de forma tal que a humanidade se oriente por meus atos? E se ele não se colocar esta questão, é porque está mascarando a angústia. Não se trata, aí, de uma angústia que leve ao quietismo, à inação... pelo contrário, é a condição mesma de sua ação, pois supõe que eles vislumbrem diversas possibilidades e, quando optam por uma delas, percebem que ela só tem valor por ter sido escolhida... ela se explica, além disso, por uma responsabilidade direta em relação aos outros homens envolvidos pela escolha. (Sartre, 1946/2014, p. 22-23).

Tal angústia pode ser encarada com ansiedade, ou até mesmo mascarada por aqueles que, de má-fé, evitam encará-la; mas, ainda que negada, ela se manifesta (Sartre, 1946/2014). Vale informar que dentro da filosofia sartriana, o termo **má-fé** assemelha-se à mentira, mas no segundo caso, a pessoa mente para outra e tem consciência da mentira, enquanto no caso da má-fé, ela mente para si mesmo sem ter consciência reflexiva de que se autoengana. Através da má-fé, é possível "mascarar uma verdade desagradável ou apresentar como verdade um erro agradável... na má-fé, eu mesmo escondo a verdade de mim mesmo" (p. 94). A pessoa enganadora e a enganada são a mesma, ou, neste caso, a mesma consciência. E, para que se possa mentir, é necessário que a enganadora saiba qual é a verdade que está mascarando ao enganar-se. Tendo em vista que "o ser da consciência é consciência de ser" (p. 95), é possível afirmar que estar na má-fé não significa que a pessoa esteja agindo de maneira inconsciente. A má-fé é uma conduta que se encontra no nível irrefletido da consciência, quando é consciência não posicional de si mesma. Melhor dizendo, a pessoa acredita que é verdade a mentira que conta para si mesmo. Quando mentimos para o outro, temos consciência daquilo que estamos fazendo, no entanto, quando agimos de má-fé, não temos consciência reflexiva de estarmos nos enganando.

Quando penso nessa angústia atrelada à responsabilidade que experienciamos, logo me recordo de um trecho – talvez um dos mais conhecidos pelos leitores de Sylvia Plath – que me foi tão marcante ao ler *A redoma de vidro* e acompanhar a jornada da jovem Esther Greenwood:

> Eu via minha vida se ramificando à minha frente como a figueira verde daquele conto.
>
> Da ponta de cada galho, como um enorme figo púrpura, um futuro maravilhoso acenava e cintilava. Um desses figos era um lar feliz com marido e filhos, outro era uma poeta famosa, outro, uma professora brilhante, outro era Ê Gê, a fantástica editora, outro era feito de viagens à Europa, África e América do Sul, outro era Constantin e Sócrates e Átila e um monte de amantes com nomes estranhos e profissões excêntricas, outro era uma campeã olímpica de remo, e acima desses figos havia muitos outros que eu não conseguia enxergar. Me vi sentada embaixo da árvore, morrendo de fome, simplesmente porque não conseguia decidir com qual figo eu ficaria. Eu queria todos eles, mas escolher um significava perder todo o resto. (Plath, 1963/2019, p. 88).

Bem como disse Beauvoir (1958/2009, p. 186): "todo êxito esconde uma abdicação", e a angústia se faz também presente diante da impossibilidade de não podermos escolher tudo o que queremos; portanto, as escolhas igualmente nos colocam diante de renúncias.

Outro termo com o qual nos deparamos em algumas discussões existencialistas é o **desamparo**. Sartre (1946/2014) nega a existência de Deus e se Deus não existe, logo não existe tipo algum de natureza humana, nada *a priori* que diferencie o certo do errado. Sem Deus, tudo é permitido e a humanidade se encontra desamparada, sem valores ou ordens que justifiquem suas condutas. Assim, deve-se assumir a liberdade do ser humano enquanto uma condenação.

> É o que exprimirei dizendo que o homem está condenado a ser livre. Condenado, pois ele não se criou a si mesmo, e,

> por outro lado, contudo, é livre, já que, uma vez lançado ao mundo, é o responsável por tudo que faz... O existencialista não pensará tampouco que o homem pode encontrar auxílio em algum sinal na terra que o oriente; pois considera que o homem é quem decifra, ele mesmo, o sinal como melhor lhe parecer. (Sartre, 1946/2014, p. 24-25).

Sartre assevera que somos condenados a ser livres e que é de nossa responsabilidade escolhermos como agir, por conseguinte, quem seremos. Mesmo que nossas escolhas sejam pautadas em valores, dentre os que apreendemos, escolhemos aqueles que fundamentarão nossas escolhas. Ademais, ainda que busquemos por sinais, conselhos ou, até mesmo, aparentes determinações, seremos nós que as decifraremos a atribuiremos sentidos a elas; e essas não restringirão nossa liberdade, pois, ao final, continuaremos sendo os responsáveis por aquilo que fazemos de nós. Logo, nos diz Sartre (1946/2014, p. 28), "você é livre, escolha, ou seja, invente".

Há, ainda, o **desespero**. Esse emerge quando nos damos conta de que nossas escolhas dependem de nossa vontade, diante daqueles possíveis pelos quais nossa ação se engaja em fazer acontecer. Não podemos contar com aquilo que não depende de nosso engajamento; não podemos contar com a natureza bondosa de outras pessoas, visto que, para o existencialismo sartriano, não existe uma natureza humana que determine se uma pessoa será boa ou ruim. Por isso, é preciso nos engajarmos – e não nos aquietarmos conformados – e fazermos o que pudermos diante de cada circunstância; nos projetando e agindo por nossas escolhas, e assumindo nossa responsabilidade pelo que somos e pelo que ajudamos a construir para a humanidade (Sartre, 1946/2014).

> A doutrina que lhes apresento é exatamente o contrário do quietismo, pois ela afirma: "Só existe realidade na ação"; e ela vai ainda mais longe, acrescentando: "O homem não é nada mais que seu projeto, ele não existe senão na medida em que se realiza e, portanto, não é outra coisa senão o conjunto de seus atos, nada mais além de sua vida". (Sartre, 1946/2014, p. 30).

Assim, não somos outra coisa senão o que fazemos. Pode parecer uma realidade dura de se encarar, mas aquilo que acreditamos ser, em um plano abstrato, de nada valerá para definir quem somos se não passar ao plano da realidade. Somos a soma dos empreendimentos que constituem nossa empreitada. A soma deles, e não apenas um ou outro empreendimento em particular, pois somos definidos em nossa totalidade de ser (Sartre, 1946/2014).

> Vocês veem que ele [o existencialismo] não pode ser considerado uma filosofia do quietismo, uma vez que define o homem pela ação; tampouco pode ser considerado uma descrição pessimista do homem: não há doutrina mais otimista, pois ela coloca o destino do homem nele mesmo; também não pode ser considerado uma tentativa de desencorajar o homem de agir, já que afirma que não existe esperança senão em sua ação, e a única coisa que permite ao homem viver é o ato. Consequentemente, sobre esse plano, nós temos é que realizar uma moral da ação e do engajamento. (Sartre, 1946/2014, p. 33).

A doutrina existencialista dialoga com o *cogito* cartesiano "penso, logo existo", pois considera a importância de buscar compreender a pessoa a partir de sua subjetividade. Contudo, para Sartre, a existência não se justifica por pensarmos sobre algo. Para Sartre (1943/2015), há um cogito pré-reflexivo, uma abertura ao mundo, que o intenciona. A pessoa, antes de qualquer coisa, posiciona o mundo para, assim, poder posicionar a si. Neste movimento dialético entre consciência e mundo, e essa consciência (subjetividade) que se objetiva com o Ser, é onde encontramos diretamente a verdade absoluta, sem intermediários.

No entanto, é a partir de sua subjetividade, e não **estritamente por sua subjetividade**, que a pessoa apreende algo. Aborda-se a subjetividade por não considerar a pessoa enquanto mero objeto pré-determinado; é pela relação dialética entre subjetividade e objetividade que a pessoa se edifica como sujeito, como uma **subjetividade objetivada**. Por isso, são equivocadas as críticas que apontam o existencialismo enquanto uma filosofia individualizante. Ao apreender a si mesmo, a pessoa está diante do outro e do mundo, e essas são partes inquestionáveis de sua existência. O outro, portanto, é quem reconhece a verdade de quem somos; é quem decide a favor ou contra nós; é o olhar que precisamos para alcançarmos qualquer autoconhecimento; colocado diante de nós, e sendo liberdade tal qual somos, encontramo-nos em uma intersubjetividade (Sartre, 1946/2014).

Descartamos, então, qualquer tipo de natureza humana, mas há de considerarmos uma universalidade chamada **condição humana**. Trata-se dos limites encontrados pela pessoa quando esta é lançada ao mundo. São limites e possibilidades objetivos(as), na medida em que se encontram em toda parte; ao mesmo tempo que também são subjetivos, por só serem o que são (limites ou possibilidades) na medida em que a pessoa assim os significa e vivencia. E todos os projetos traçados pelas pessoas, embora distintos entre si por serem frutos de cada singularidade, possuem em comum o fato de serem concebidos a partir dos limites e possibilidades encontrados(as) em cada condição. Este é o valor universal do projeto, não um valor dado, mas um valor em perpétua construção, edificado por meio de cada escolha que fazemos de nós mesmos (Sartre, 1946/2014).

Quanto às escolhas – pelas quais nos constituímos – diz Sartre (1946/2014) que é necessário ressaltarmos que a única coisa que não podemos escolher é não escolher. Na condição de alguém dizer que não irá escolher entre *a* ou *b*, isto também é uma escolha. Assim, não podemos evitar a necessidade de realizar escolhas para construirmos nossa existência e nos edificarmos como sujeito, bem como somos responsáveis por cada escolha que fazemos. É deste modo que nos engajamos com o mundo, com as outras pessoas; e, ao nos engajar, fazemos a nós mesmos. E por nos fazermos diante do olhar delas, somos passíveis de julgamentos, como mencionado. Toda vez que tentamos dissimular nossa liberdade para justificar nossas escolhas que não seja pela nossa vontade, estamos forjando, para nós mesmos, a crença de que somos responsáveis por elas. Diante da escolha por agir de má-fé, podemos também ser julgados e julgadas pelas outras pessoas. Isto, pois, tudo o que fazemos, fazemos por meio da liberdade, e a liberdade não tem outro fim senão buscar a si mesma. Como mencionado, a má-fé, dentro do existencialismo,

> [...] é, evidentemente, uma mentira, pois dissimula a total liberdade do engajamento. No mesmo plano... trata-se de má-fé também quando escolho afirmar que alguns valores são anteriores a mim; entro em contradição comigo mesmo se eu os quero e, ao mesmo tempo, declaro que eles se impõem a mim. (Sartre, 1946/2014, p. 39).

Presente no mundo, projetando-se, transcendendo-se rumo aos fins projetados, apropriando-se das coisas, superando situações – é assim que o ser humano é capaz de existir, como ser-no-mundo. Trata-se de um universo constituído pela subjetividade humana, em que cada pessoa encontra-se por fazer-se, em um constante vir-a-ser e em uma constante relação dialética com todo o universo humano. Em meio a essa existência, cada ser humano é o legislador e responsável por si mesmo. A pessoa é uma incompletude que busca sempre fora de si seus fins, em um inalcançável desejo de chegar a uma totalização encerrada. É este o humanismo existencialista (Sartre, 1946/2014).

Ao buscar melhor investigar a realidade humana, Sartre difere de outras filosofias de seu tempo ao abordar subjetividade (consciência/Para-

-si) e objetividade (mundo/Em-si) como instâncias distintas, mas que se relacionam dialeticamente entre si, de modo que uma necessita da outra para emergir. Quando em contato com o mundo objetivo, a subjetividade apreende essa objetividade, sendo consciência dela; assim, tem-se uma subjetividade objetivada – que é a relação dialética entre pessoa (subjetividade) e mundo (objetividade).

Como dissemos, o autor voltou seus pensamentos à pessoa concreta no mundo e à manifestação de seu existir, haja vista que toda manifestação (fenômeno), para essa filosofia, revela a essência do ser. Ele abordou essa pessoa em sua totalidade; pessoa esta que é lançada em um mundo constituído por sua materialidade e passa a agir sobre esse mundo à medida que esse mundo age sobre ela. É pela relação entre objetividade e subjetividade que a pessoa, assim, se edifica enquanto sujeito. Trata-se de um sujeito singular universal que apresenta aspectos singulares pelo seu modo de existir no mundo e aspectos universais por carregar consigo a história da humanidade que o antecede. Ao existir no mundo, somos corpo e consciência, em simultaneidade.

Consoantes com esse entendimento existencialista acerca da realidade, é que buscaremos analisar, em um momento posterior, a forma com que a literatura dialoga com a existência em constituição das pessoas que com ela se contatam, contribuindo, assim, com exercício da Psicologia de base existencialista. Para tanto, é preciso nos atentarmos, agora, a alguns conceitos apresentados por essa filosofia. Iniciemos apresentando como Sartre compreende a consciência.

1.2.1 Os modos de ser da consciência e seus níveis de apreensão do mundo

Considerações acerca da consciência se fizeram presente na trajetória filosófica de Sartre. Partindo da fenomenologia de Husserl, Sartre defendeu em sua tese de pós-graduação, posteriormente publicada sob o título *A Transcendência do Ego* (1936), a intencionalidade da consciência; e mostrou que o Eu husserliano, a substância pensante do "eu penso", na verdade, encontra-se fora da consciência, encontra-se no mundo. O existencialismo sartriano adota a premissa de que somos seres psicofísicos, ou seja, somos corpo e consciência, e essas duas condições são inseparáveis, visto que precisamos de nosso corpo para nos situarmos no mundo, ao passo que é por meio de nossa consciência que percebemos esse mundo. O que Sartre (1943/2015) chama de consciência, trata-se da estrutura de ser transfenomenal da pessoa que "pode conhecer e conhecer-se" (p. 22).

Seguindo o princípio da dualidade objetividade e subjetividade, Sartre (1943/2015) nos apresentou as estruturas do modo de ser que encontramos na realidade humana. Dentre elas, encontramos o modo de ser Em-si e o modo de ser Para-si. O termo Em-si designa a objetividade do mundo; tudo aquilo que nos aparece enquanto objeto e que possui uma essência pronta; o Em-si "é o que é" (p. 39). Em contrapartida, o termo Para-si designa a consciência humana; trata-se de um modo de ser, fundamentalmente, não objetivado, isto é, sem uma essência que a fundamente *a priori*. O Para-si, então, *"tem-de-ser* o que é" (p. 39, grifos do autor)*;* e percebe, ao apreender o Em-si, o seu não ser, diferenciando-se das coisas do mundo.

Para o existencialismo, segundo as contribuições que Sartre (1943/2015) encontrou em Husserl, a consciência é intencional, ou seja, toda consciência é consciência de e para alguma coisa.

> Toda consciência, mostrou Husserl, é consciência de alguma coisa. Significa que não há consciência que não seja posicionamento de um objeto transcendente, ou, se preferirmos, que a consciência não tem "conteúdo"... Uma mesa não está *na* consciência, sequer a título de representação. Uma mesa está *no* espaço, junto à janela etc... O primeiro passo de uma filosofia deve ser, portanto, expulsar as coisas da consciência e restabelecer a verdadeira relação entre esta e o mundo, a saber, a consciência como consciência posicional *do* mundo. (p. 22, grifos do autor).

Isto é, os objetos dos quais temos consciência não se encontram dentro de sua estrutura – a consciência revela o ser que ela não é –, eles se encontram fora, no mundo e são revelados de modo relativo por essa consciência que é subjetividade. Assim, é possível dizermos que para o método fenomenológico, a essência de determinada coisa não está escondida, está logo aí, na forma em que essa é revelada pela consciência.

> [...] o objeto só pode ser definido a partir de sua relação com a consciência. Torna-se assim "objeto para um sujeito"; o objeto não está preso e nem contido na consciência como se essa fosse uma cápsula: ele adquire sentido enquanto objeto para uma dada consciência e a partir desta. (Angerami, 1985, p. 35).

Há uma correlação entre a consciência e o objeto por ela revelado; ambos se definem respectivamente e só existem quando correlacionados –

consideração que rompe com a perspectiva dualista. Quando minha consciência se direciona a um livro que leio, por exemplo, ela está transcendendo até ele e o posicionando no mundo. Esta ação mostra uma **consciência irrefletida** (ou irreflexiva), considerando que aqui ela somente posiciona o objeto livro.

No entanto, "A condição necessária e suficiente para que a consciência cognoscente seja conhecimento *de* seu objeto é que seja consciência de si como sendo este conhecimento" (Sartre, 1943/2015, p. 23, grifo do autor). Neste caso, nossa consciência é consciente de ser consciência de algo. Quando nossa consciência irreflexiva é posicionada como existente do mundo, tornando-se, também, objeto da consciência, a esta denominamos **consciência refletida** – tem-se, então, o *"conhecimento da consciência"* (p. 23, grifos do autor). Ambas as consciências, irrefletida e refletida, são inseparáveis, pertencem a um mesmo ser. *"A consciência é um ser para o qual, em seu próprio ser, está em questão o seu ser enquanto este ser implica outro ser que não si mesmo"* (p. 35, grifos do autor).

Sartre (1943/2015) ainda nos apresenta momentos em que a consciência age de modo reflexivo – trata-se da **consciência reflexiva**. Este movimento ocorre quando, por meio de um ato de reflexão, a consciência refletida é posicionada. Posicionando minha consciência refletida como objeto de reflexão, "emito juízos sobre a consciência refletida, envergonho-me ou me orgulho dela, aceito-a ou a recuso, etc. A consciência imediata de perceber não me permite julgar, querer, envergonhar-me. Ela não *conhece* minha *percepção*, não a *posiciona*" (p. 24, grifos do autor). É nesse momento de reflexão que o Eu aparece, como um objeto da consciência reflexiva. Ainda aqui, a consciência permanece vazia, o Eu está fora e a consciência, então, transcende a si mesma em direção a ele para revelá-lo.

Considerando os **níveis da consciência** que aqui apresentamos – **irrefletida, refletida e reflexiva** – Sartre (1939/2019) pôde discorrer acerca dos **modos de ser da consciência.** Vimos que é por meio da consciência que apreendemos o mundo ao qual pertencemos, é por meio dela que revelamos e conhecemos esse mundo e conhecemos a nós mesmos. Um dos modos de apreensão do mundo se dá por meio da **consciência emocional** que se caracteriza, em primeiro momento, pela forma irrefletida, ou seja, como consciência não tética de si e que posiciona algum objeto do mundo.

A percepção de um Em-si, de acordo com Sartre (1939/2019), é o que desencadeia a emoção, visto que toda consciência é consciência de algo, ela solicita esse algo que ela não é; por exemplo, "o homem que tem medo, tem medo *de* alguma coisa... a emoção retorna a todo instante ao objeto e dele se alimenta" (p. 56, grifo do autor). Desse modo, podemos compreender que a pessoa que se emociona e o objeto que visa pela emoção estão em intrínseca relação.

Quando, ao falharmos em determinada ação, respondemos com irritação, essa irritação é uma forma de apreendermos a realidade com a qual nos relacionamos; essa passagem da "ação falha" à irritação, acontece ainda no plano irrefletido. Quer dizer, é possível refletirmos sobre nossas ações, no entanto, na maior parte das vezes, agimos sem precisar sair do nível irrefletido; ou seja, posicionamos um problema que temos para resolver (consciência irrefletida), mas sem posicionar nossa consciência de termos um problema para resolver (que estaria no nível de consciência refletida), e respondemos a esse problema por meio de uma ação espontânea (Sartre, 1939/2019).

> [...] a ação como consciência espontânea irrefletida constitui uma certa camada existencial no mundo, e... não há necessidade de ser consciente de si como agente para agir... uma conduta irrefletida não é uma conduta inconsciente, ela é consciente dela mesma não teticamente. (Sartre, 1939/2019, p. 60).

Quando agimos sobre a realidade, agimos por meio de determinado objetivo. Quando identificamos o objetivo que queremos alcançar, logo nos aparecem determinados meios/caminhos para podermos alcançá-los; por vezes, apenas esses potenciais meios/caminhos que enxergamos intuitivamente nos são percebidos, não consideramos existir outros. Sartre (1939/2019) chamou isso de "intuição pragmatista do determinismo do mundo" (p. 61).

> Desse ponto de vista, o mundo que nos cerca... o mundo de nossos desejos, de nossas necessidades e de nossos atos, aparece como que sulcado por caminhos estreitos e rigorosos que conduzem a esse ou àquele objetivo determinado... Poder-se-ia comparar esse mundo às peças móveis das máquinas caça-níqueis nas quais se fazem rolar as bolas... É preciso que a bola percorra um trajeto determinado, tomando caminhos determinados... Esse mundo é difícil. (Sartre, 1939/2019, p. 61).

Adotando uma nova conduta diante do mundo, a emoção passa a atribuir novas qualidades à realidade em que se encontra. Ao transformar sua relação com a realidade, alterando as características do mundo que escolheu negar, a emoção vive esse novo cenário de forma verdadeira, crendo realmente que são reais as novas qualidades que ela atribuiu ao mundo. Deste modo, a consciência é "aprisionada" por ela mesma nesse novo mundo mágico e passa a agir de acordo com a realidade forjada. E, por realmente acreditar nessa nova realidade, não pode querer abandoná-la, visto que não enxerga seu aprisionamento. Para conseguir se libertar, é preciso que, por meio de um momento reflexivo, a consciência afaste para longe a situação criada pela emoção (Sartre, 1939/2019).

> Agora podemos conceber o que é uma emoção. É uma transformação do mundo. Quando os caminhos traçados se tornam muito difíceis ou quando não vemos caminho algum, não podemos mais permanecer em um mundo tão urgente e tão difícil. Todos os caminhos estão barrados, no entanto é preciso agir. (Sartre, 1939/2019, p. 62).

Dando sequência a suas investigações acerca da consciência, Sartre (1940/1996) apresenta, em sua obra *O imaginário*, seus apontamentos sobre outro dos modos de ser da consciência, a **consciência imaginante**. Como toda consciência é consciência de alguma coisa, a consciência imaginante se caracteriza por posicionar um objeto ausente por meio de uma imagem; assim, é importante destacarmos que a consciência imaginante é consciência do objeto – que se encontra ausente –, e não da imagem. A imagem é o que surge a partir de uma relação entre a consciência e o objeto ausente que ela intenciona fazer presente. Vale lembrar que, como apontado anteriormente, estamos tratando de uma consciência que é vazia, logo, a imagem não está na consciência, assim como não estão na consciência os objetos dessa imagem (Sartre, 1940/1996).

Pela imagem buscamos reencontrar um objeto que está ausente à nossa percepção, mas que, outrora, foi percebido. Deste modo, quando estamos diante de um livro, o percebemos por meio de nossa consciência perceptiva, passamos a saber de sua existência, mas isso não significa que carregamos esse livro para dentro de nossa consciência; ele continua fora, no mundo. Afastamo-nos de tal livro, ele já não está mais presente em nosso campo de visão para ser percebido, está ausente. Logo, ele pode nos aparecer como imagem, mas, vejamos, a imagem do livro não é livro em si; o livro continua fora da consciência. Assim, seja pela consciência perceptiva ou imaginante, o objeto em questão nunca estará dentro da consciência. Perceber e imaginar são, então, dois modos diferentes pelos quais a consciência se relaciona com o mundo, tal como o modo de ser da consciência emocionada anteriormente apresentado.

Quando falamos de consciência imaginante, precisamos considerar a ausência da percepção; só pode haver imaginação quando não há percepção. Pela percepção, podemos observar os objetos – cada objeto que observamos está em constante relação com o resto mundo, o que Sartre aponta como sendo "a própria essência de uma coisa" (Sartre, 1940/1996, p. 22), portanto, há sempre mais do que aquilo que podemos ver; fazemos isso visualmente e captando um aspecto por vez deste objeto. Logo, quando vejo um livro fechado, tenho contato com a capa, com o título, o nome do autor, a disposição das palavras, o conjunto das cores; mas não consigo observar seu interior até que eu o abra e, quando o faço, perco de vista o perfil inicialmente percebido (a capa do livro).

Diferentemente da percepção, quando pensamos em determinado objeto, o pensamos por inteiro, resgatando, de uma única vez, todo o saber que adquirimos sobre ele no momento da percepção. Tal como no pensamento, pela imagem evocamos o objeto de uma só vez e de forma em que ele surge isolado do resto do mundo, diferente do que acontece no momento de percepção; não precisamos "dar a volta" ao livro para saber que é mesmo um livro; a certeza de que é mesmo um livro surge juntamente com a imagem que temos dele e aquilo que vemos é o que tem para ser visto, não há o que ser descoberto, não há o que ser aprendido (Sartre, 1940/1996).

A imagem do objeto e o conhecimento que possuímos sobre ele surgem concomitantemente. Cada objeto que imaginamos surge por meio da intencionalidade da consciência. Por meio de determinada consciência, intencionamos um livro e o imaginamos. Para que haja intencionalidade, é preciso um saber prévio por parte da intenção, pois só podemos representar como imagem aquilo que conhecemos. Dentro desse campo da imaginação, o livro nos aparece sem surpresas como aquilo que é, como uma síntese das qualidades que nos apareceram no momento da percepção; pela imaginação, podemos lê-lo, folheá-lo, fechá-lo, mas, independentemente do que façamos, não haverá surpresa alguma, não haverá novas descobertas, pois esse "evoluir" da imagem não pode preceder a intencionalidade. Outrossim, a consciência também não precede o objeto de nossa imagem, ela surge juntamente com sua criação (Sartre, 1940/1996).

Intencionamos a presença de um objeto ausente ou inexistente, a intenção se dirige a um *analogon* – um equivalente da percepção – do objeto que evocamos; tal *analogon*, que pode ser uma imagem mental, uma foto, uma ilustração, surge para preencher nossa intenção inicial. Assim, a intenção serve-se dessas imagens para evocar o objeto em questão, mas essas imagens são apenas representantes desse objeto que continua ausente/inexistente; portanto, "a imagem é um ato que visa em sua corporeidade um objeto ausente ou inexistente, através de um conteúdo físico ou psíquico que não se dá em si mesmo, mas a título de *representante* analógico' do objeto visado" (Sartre, 1940/1996, p. 37, grifos do autor).

Como vimos, a imagem nada pode nos ensinar, visto que o saber que possuímos sobre as coisas é que estrutura a imagem. Portanto, se buscamos compreender determinada situação e, em meio a isso, nos percebemos fazendo o uso de uma imagem para tal, é preciso entender que a compreensão não se constrói sobre a imagem. Ainda assim, é possível que a consciência compreensiva adote uma estrutura imaginante que aparece junto dela. O saber antecede a compreensão; aquilo que buscamos compreender, compreendemos a partir de uma síntese de saberes passados retidos em nós.

> A compreensão não é pura reprodução de uma significação. É um ato. Esse ato visa tornar presente um certo objeto, e esse objeto é, em geral, uma verdade de julgamento ou uma estrutura conceitual. Mas esse ato não surge do nada. Por exemplo, eu posso tentar compreender a palavra "Homem", mas não seu correspondente alemão *"Mensch"* se não sei o alemão. (Sartre, 1940/1996, p. 140).

Tal como a emoção, Sartre (1940/1996) também descreve a imaginação como um ato mágico que faz aparecer aquilo que desejamos possuir, mas que está ausente. A imagem de um objeto percebido que criamos em nossa imaginação é, como mencionado anteriormente, um irreal equivalente a um objeto real. Ao mesmo tempo em que está presente à nossa imaginação, está distante; não podemos tocá-lo ou modificá-lo da mesma forma com que tocamos e modificamos objetos reais; para alcançarmos um objeto irreal é preciso nos fazermos, também, irreais. Tudo aquilo que vemos no plano da imaginação, é produzido por nós: o livro, a caneta, o copo, não existem por si mesmos no plano imaginário, nós os produzimos; são, todos os objetos imaginários, passivos.

Quando criamos a imagem de um objeto percebido, nos aponta Sartre (1940/1996), a percepção precisa sair de cena. Se desejamos, por exemplo, estar diante de uma pessoa querida que não se encontra ao alcance de nossa percepção, a colocamos em cena por meio da imaginação – imaginamos o seu *analogon*. Assim, "enganamos" momentaneamente nosso desejo de estar junto de tal pessoa; quando a percepção saiu de cena, a ausência real e inevitável – nesse caso – da pessoa desejada, também saiu de cena. Desse modo, podemos, de certa maneira, "*encenar* a satisfação" (p. 167, grifos do autor) que não conseguimos alcançar no plano da realidade.

Mostra-se possível que a passagem pelo campo imaginário nos desperte sentimentos imaginários com relação às imagens construídas. Esses sentimentos derivam da forma com que nossa subjetividade apreende o objeto irreal e aparece ao mesmo tempo em que o objeto surge em nossa consciência imaginante. Desse modo, podemos afirmar que não é a imagem do objeto irreal que nos causa o sentimento; quando escolheu produzir determinada imagem, a consciência escolheu, concomitantemente, se lançar ao sentimento ligado a ela; o sentimento despertado por nossa consciência emotiva no momento da percepção do objeto real. Em meio a isso, há quem prefira voltar-se mais ao plano imaginário do que ao mundo real. Afinal, as coisas parecem mais fáceis de serem encaradas em um mundo cristalizado; um mundo onde é possível escolhermos como cada objeto se presentifica a nós; um mundo onde é possível escolhermos as reações desejadas; um mundo onde a vida real é trocada por uma vida fictícia com um enredo construído ao nosso agrado; um mundo irreal sem a imprevisibilidade e a espontaneidade, muitas vezes temidas, do mundo real.

A compreensão acerca dos níveis da consciência – irrefletido, refletido e reflexivo –, assim como de seus modos de ser aqui apresentados, como por exemplo, perceptivo, emocional e imaginário, faz-se necessária para a continuidade de nosso estudo, visto que em nossas análises buscaremos elucidar como a literatura pode mediar a experiência de ser da pessoa para que essa supere o nível irrefletido de apreensão do mundo, alcançando uma reflexão acerca de suas experiências diante das condições reais que enfrenta, facilitando uma transformação de sua situação.

1.2.2 Em busca do Ser: a constituição do sujeito

Ao tratar da realidade humana em seus estudos, Sartre (1943/2015) posiciona a pessoa no mundo, a fim de compreender como ela se constitui como sujeito. Como mencionado, a filosofia existencial considera a pessoa em intrínseca relação com o mundo em que é lançada; é por essa relação, ao agir no mundo, que se constitui como sujeito de si e de sua história. Agir, nos expõe o autor, é o ato de modificar o mundo de alguma maneira; dispomos de meios e atuamos junto deles na intenção de alcançarmos um fim esperado. Quando falamos de ação, falamos de intenção; uma ação, no sentido que aqui abordamos, deve ser intencional. É preciso ter consciência – embora nem sempre reflexiva – daquilo que se faz, ainda que não se tenha conhecimento da série de desdobramentos que essa ação irá acarretar. Assim, negamos uma determinada condição para que possamos agir em direção a um possível desejável; existimos em movimento, ou seja, transcendemos uma situação em direção àquilo que se encontra fora da pessoa, àquilo que pode ser de outro modo (Sartre, 1943/2015).

Esclareçamos, também, que para que uma pessoa aja na intenção de transformar uma dada situação em algo melhor, é preciso que ele consiga conceber esse algo melhor; isso, pois, não são as adversidades em si que nos levam a escolher mudar, são as próprias possibilidades de mudança, aquilo que a pessoa ainda não é, mas que pode vir a ser. Diante dessa possibilidade é que conseguimos colocar ambas as situações em perspectiva e perceber que há uma alternativa ao que estamos vivenciando no momento presente. Desta forma, é válido destacarmos que nem sempre podemos contar com um aparato de conhecimentos necessários para enxergar com clareza os sofrimentos vivenciados e vislumbrar um cenário melhor (Sartre, 1943/2015).

> [...] ele [o indivíduo] sofre, sem levar seu sofrimento em consideração ou conferir-lhe valor: sofrer e *ser* são a seu ver a mesma coisa; seu sofrimento é o puro teor afetivo de sua consciência não posicional, mas ele não o *contempla*. Portanto, esse sofrimento não poderia ser por si mesmo um *móbil* para seus atos. Exatamente o contrário: é ao fazer o projeto de modificá-lo que o sofrimento lhe parecerá intolerável. (Sartre, 1943/2015, p. 538, grifos do autor).

Isto posto, é preciso atuar junto a um movimento de dupla nadificação: posicionando uma situação ideal que é um nada em relação à situação presente; e posicionando a situação atual como um nada em relação a essa situação ideal. Transcendemos, então, a essa situação ideal, para podermos retornar à situação presente, à luz desse ideal que resgatamos. Nadificamos o presente e podemos declarar como nos sentimos diante dele, pois, agora, possuímos como aporte um possível diferente e podemos projetar, ou seja, podemos agir, enquanto Para-si (consciência, subjetividade), em direção a ele. Deste modo, percebemos que é a projeção para um futuro possível que acarreta uma ação no presente de uma pessoa; quanto ao passado, esse, por si mesmo, nunca será capaz de determinar, por si, uma situação presente para que se produza um ato. Para que a consciência possa atuar de maneira a negar o mundo e a si mesma na busca de um fim (ação/projeto), é preciso que haja a liberdade do ser atuante (Sartre, 1943/2015).

Como mencionamos, segundo as contribuições de Sartre (1943/2015), toda ação deve ser intencional e quando falamos de intenção, falamos de motivo. A esse fim – esse futuro – para qual me lanço, me lanço por um motivo, um motivo que remete a meu passado; o presente é onde meu ato surge quando me lanço. Temos, então, as três instâncias temporais: passado, presente e futuro. Mas como esse motivo se constitui? De início, é preciso que o Para-si lhe confira o valor de motivo; só podemos compreender o motivo através de seu fim – seu sentido está fora –, que é um não existente, e, assim, temos que o motivo é em si uma negatividade.

> Assim como o futuro retorna ao presente e ao passado para iluminá-los, também é o conjunto de meus projetos que retrocede para conferir ao móbil sua estrutura de móbil. É somente porque escapo ao Em-si nadificando-me rumo às minhas possibilidades que este Em-si pode adquirir valor de motivo ou móbil. Motivos e móbeis só têm sentido no interior de um conjunto projetado que é precisamente um conjunto de não existentes. E este conjunto é, afinal, eu mesmo enquanto transcendência, eu mesmo na medida em que tenho de ser eu mesmo fora de mim. (Sartre, 1943/2015, p. 541).

Não devemos definir, no entanto, que o motivo seja a causa do ato, mas, sim, que ele é parte integrante deste. Motivo, ato e fim se constituem conjuntamente; cada parte solicita a outra para que se forme uma totalidade entre elas, e

> [...] a totalidade organizada das três já não mais se explica por qualquer estrutura singular, e seu surgimento como pura nadificação temporalizadora do Em-si identifica-se com a liberdade. É o ato que decide seus fins e móbeis, e o ato é expressão da liberdade. (Sartre, 1943/2015, p. 541).

Quando Sartre (1943/2015) parte para explicar a liberdade, depara-se com um impasse. Descrever, no sentido amplo da palavra, é explicitar a essência singular do objeto descrito. Como, então, poderia descrever algo que não possui essência, como é o caso da liberdade? Percebemos a liberdade por meio do próprio ato que ela organiza; e que organiza segundo determinados motivos, e em direção a determinado fim. Neste fim, o ato – que é a liberdade – se encerra. Assim, a liberdade se faz perpetuamente.

Apesar disso, ainda é possível buscarmos descrever a liberdade, pois, como aponta Sartre (1943/2015), há descrições que se voltam ao próprio existente singular, e não para uma essência *a priori* e definitiva. Não podemos, então, estabelecer uma essência à liberdade que fosse comum às outras pessoas e a mim, considerando que "a liberdade é fundamento de todas as essências, posto que o homem desvela as essências intramundanas ao transcender o mundo rumo às suas possibilidades próprias. Mas se trata, de fato, de *minha* liberdade" (p. 542, grifos do autor). Temos, na liberdade, um existente contingente, mas que não podemos não experimentar. Somos, então, um existente "que *aprende* sua liberdade através de seus atos; mas... também um existente cuja existência individual e única se temporaliza como liberdade" (p. 543, grifos do autor).

Liberdade é a nadificação que o Para-si faz do "Em-si que ele é" (Sartre, 1943/2015, p. 543); é a ruptura com o mundo e consigo mesmo; quando o "Para-si escapa de seu ser" (p. 543) para constituir, com sua existência, algo diferente daquela essência que carrega. Ao afirmarmos, então, que a existência precede a essência, não estamos dizendo outra coisa senão que somos seres livres (Sartre, 1943/2015).

> Com efeito, somente pelo fato de ter consciência dos motivos que solicitam minha ação, tais motivos já constituem objetos transcendentes para a minha consciência, já estão lá fora; em vão buscaria recobrá-los: deles escapo por minha própria existência. Estou condenado a existir para sempre Para-além de minha essência, Para-além dos móbeis e motivos de meu ato: estou condenado a ser livre. Significa que não se poderia encontrar outros limites à minha liberdade além da própria liberdade, ou, se preferirmos, que não somos livres para deixar de ser livres. (Sartre, 1943/2015, p. 543-544).

Ainda sobre os motivos/móbeis e os fins, Sartre (1943/2015) nos coloca a forma com que visões deterministas visam sufocar a liberdade da realidade humana. Consideram o motivo como uma **coisa**, mais especificamente, como uma coisa sem liberdade; como um permanente; deixando de reconhecer que, na realidade, a natureza de cada motivo se altera em sincronia com cada instante onde ele é vivido. Tenta-se conferir fins pré-determinados que moldam nossos atos; determinações essas já encontradas na natureza quando somos lançados ao mundo: Deus ou a sociedade, por exemplo. Todos esses movimentos tendem a extinguir a característica da realidade humana de escolher-se perpetuamente; colocam a liberdade enquanto uma instância plena, quando, na verdade,

> A realidade-humana é livre porque *não é o bastante*, porque está perpetuamente desprendida de si mesmo, e porque aquilo que foi está separado por um nada daquilo que é e daquilo que

> será. E, por fim, porque seu próprio ser presente é nadificação na forma do "reflexo-refletidor". O homem é livre porque não é si mesmo, mas presença a si. O ser que é o que é não poderia ser livre. A liberdade é precisamente o nada que é *tendo sido* no âmago do homem e obriga a realidade-humana a *fazer-se* em vez de ser. Como vimos, para a realidade humana, ser é escolher-se: nada lhe vem de fora, ou tampouco de dentro, que ela possa *receber* ou *aceitar*... Assim, a liberdade não é *um* ser: é o ser do homem, ou seja, seu nada de ser. (Sartre, 1943/2015, p. 545, grifos do autor).

O que Sartre nos informa é que, fundamentalmente, o ser do humano é o nada, e por ser desejo de ser, pela vontade realiza escolhas em busca de ser. Falemos, então, sobre as considerações de Sartre (1943/2015) sobre a vontade, pois estas contribuem para que melhor compreendamos a liberdade.

Reconheçamos, então, a vontade como "negatividade e potência de nadificação" (Sartre, 1943/2015, p. 547). Trata-se de uma forma de manifestação da liberdade, de uma liberdade que se constitui como vontade. "A vontade, com efeito, coloca-se como decisão refletida em relação a certos fins" (p. 548), – a decisão que é subjetiva, o que implica dizer que fins semelhantes fazem emergir decisões muito diferentes entre si a depender de cada pessoa – ainda que tais fins não sejam criados por ela. Como mencionado anteriormente, tais fins não nos são colocados *a priori*, mas surgem enquanto "projeção temporalizadora de nossa liberdade" (p. 548). Os fins, tais como os motivos e móbeis, são posicionados pelo Para-si, por um projeto que transcende a si mesmo em direção aos possíveis; escolhemos nossos fins e, por escolhermos, esses fins nos definem. Ratificando: existimos primeiro para que, através do posicionamento subjetivo de nossos fins, possamos caracterizar nossa essência. A liberdade, portanto, fundamenta nossos fins.

Tendo posicionado nossos fins, resta-nos decidirmos a maneira pela qual agiremos para alcançá-los. Decisão, essa, que cabe a nós mesmos, e não a qualquer fator externo. Quando pensamos em como responderemos à determinada situação, podemos considerar ao menos dois "caminhos" de ação que podem ser escolhidos pelo Para-si em seu projeto: um caminho mais espontâneo, ou seja, um caminho pelo qual a resposta que damos acaba não sendo refletida por nossa consciência; e um meio mais racional, quando busca-se encarar a situação de forma menos espontânea e mais reflexiva. Para que o Para-si seja racional ou espontâneo, não basta que ele seja, é preciso que ele escolha qual ser. Deste modo, toda a nossa liberdade é posta na forma com que o projeto deste Para-si escolher ser – ou seja, na forma com que nos manifestamos diante determinadas situações (Sartre, 1943/2015).

Mas o que vem a ser, de fato, um motivo? Logo de início, nos coloca Sartre (1943/2015, p. 551, grifos do autor): "considera-se comumente como *motivo* a *razão* de um ato, ou seja, o conjunto das considerações racionais que o justificam". O motivo se respalda por uma visão objetiva de uma situação. Como exemplo, um acontecimento em meio à pandemia do Covid-19 foram as medidas de segurança sugeridas à população, como o uso de máscaras, o distanciamento social, a correta higienização das mãos, entre outras. Cada uma dessas medidas que nos foram apresentadas carregavam consigo um motivo: use máscara para que, no caso de tossir ou espirrar, não contamine outra pessoa; mantenha uma distância segura de outras pessoas para evitar a propagação; higienize as mãos corretamente, pois ela pode carregar o vírus até você. Para que se enxergue uma situação de forma objetiva é preciso considerar os fins que se almejam e o projeto para alcançá-los. Para que eu possa adotar as medidas de segurança contra a disseminação da Covid-19, é preciso que eu posicione um fim, como: não ser contaminada pelo vírus, não adoecer, não morrer, ser uma pessoa que se preocupa com o próximo. Assim, "denominaremos *motivo* a captação objetiva de uma situação determinada, na medida em que esta situação se revela, à luz de um certo fim, como apta a servir de meio para alcançar este fim" (p. 551, grifos do autor).

Há, ainda, outra origem para que se aja de determinada forma, o **móbil**, que ao contrário do motivo, "é considerado comumente como um fato subjetivo" (Sartre, 1943/2015, p. 552). No móbil, encontram-se os "desejos, emoções e paixões" (p. 552) pelos quais agimos de determinada forma. Ele emerge quando os motivos, por si só, não são suficientes para explicar determinado ato e devem ser procurados no estado psíquico da pessoa. Isso nos mostra que o ato realizado com base em um móbil é completamente contingente, visto que uma pessoa diferente possuiria paixões e desejos diferentes, e, assim, escolheria agir de modo diferente ou da mesma maneira, mas movida por fins distintos.

Podemos considerar, também, situações corriqueiras em que, ao mesmo tempo, decidimos como agir com base em motivos e móbeis. Mas como duas instâncias distintas podem se relacionar? Bem, sabemos que o motivo é objetivo por se constituir como o estado de coisas tal qual elas se revelam à consciência, ou seja, tal qual se revelam a um Para-si. O Para-si nadifica este estado de coisas, transcende às suas potencialidades – rumo ao nada – e o elege como motivo. É preciso determinar um fim para que os motivos apareçam objetivamente; o fim determina a ação, enquanto os motivos aparecem no e pelo projeto. Quanto ao móbil, sabemos ser subjetivo. Podemos compreender objetivamente os motivos elegidos por uma pessoa, mas não podemos fazer o mesmo com o projeto estruturado por ela. Móbil e projeto não se distinguem, assim, móbil se experimenta enquanto projeto (Sartre, 1943/2015).

O agir, como nos mostra Sartre (1943/2015), pode acontecer sob forma de ato voluntário – em que atua a consciência refletida – ou de espontaneidade não voluntária – em que atua a consciência irrefletida. Quando a vontade intervém na ação, os fins a serem alcançados já foram definidos – por uma liberdade originária –, assim, cabe à vontade atuar sobre as maneiras que serão adotadas para se alcançar tais fins. A vontade vem por meio de uma consciência reflexiva, para anunciar um projeto anteriormente estabelecido pela nossa liberdade; e, ainda que não defina para quais fins partiremos, nos passa a satisfação ilusória de "fiz o que eu quis". **Vontade não é manifestação da liberdade, ela possui sua própria estrutura psíquica, estrutura sustentada por essa liberdade**. Quando falamos de uma pessoa livre, falamos de uma pessoa que, enquanto consciência, está separada das demais; uma pessoa que se escolhe não por determinação do seu passado, mas sobre ele e à luz de um futuro possível; uma pessoa que se apresenta por aquilo que ela não é, por aquele fim projetado para onde ela salta.

Para podermos, de fato, analisar um ato, devemos considerar que ele não se limita em si mesmo, mas que está emaranhado em toda uma estrutura. O que Sartre (1943/2015) nos apresenta, diferentemente de outras abordagens deterministas pautadas no intuito de explicar a vida psíquica, é que

> [...] devemos tentar extrair as significações de um ato partindo do princípio de que toda ação, por mais insignificante que seja, não é simples efeito do estado psíquico anterior nem resulta de um determinismo linear, mas, ao contrário, integra-se como estrutura secundária em estruturas globais e, finalmente, na totalidade que eu sou. Caso contrário, com efeito, eu deveria compreender-me seja como um fluxo horizontal de fenômenos, cada qual condicionado em exterioridade pelo precedente, seja como uma substância a sustentar o fluir, desprovido do sentido de seus modos. (Sartre, 1943/2015, p. 566).

Pelo existencialismo, concebemos todo ato como fenômeno compreensível, sem margens para uma determinação ao acaso; e, ao invés de buscarmos compreender o fenômeno à luz do passado que o antecede, nos fundamentamos pelo futuro. Assim, estamos diante de um método de análise que, de forma regressiva, "retomamos do ato considerado até meu último possível; por uma progressão sintética, tornamos a descer desse último possível até o ato considerado e captamos sua integração na forma total" (Sartre, 1943/2015, p. 567). Em outras palavras, partimos de nossa situação atual para considerarmos todos os possíveis entre os quais podemos escolher e escolhemos, considerando que há uma situação para ser superada, para que possamos voltar a nossa situação atual e captá-la em sua totalidade.

Sozinho, diz Sartre (1943/2015), o Em-si nada faz, é preciso integrarmos esse mundo para que haja uma relação entre nossa "totalidade destotalizada" (p. 568) e a totalidade do Em-si. Todo projeto particular que fazemos de nós mesmos – todas as nossas possibilidades e escolhas –, fazemos sobre fundo de mundo e, também, "sobre fundo de minha última e total possibilidade" (p. 569). Temos uma correlação entre a totalidade do Em-si e nossa própria totalidade, sobre a qual se esboça a existência do ser. Nossos atos, fundamentados pela liberdade, são escolhas conscientes de nós mesmos no mundo e, simultaneamente, a descoberta deste mundo.

> [...] devemos insistir no fato de que não se trata, de modo algum, de uma escolha deliberada... Identifica-se com a consciência que temos de nós mesmos. Como sabemos, esta consciência só pode ser não posicional: é nós-consciência, pois não se distingue de nosso ser. E, uma vez que nosso ser é precisamente nossa escolha originária, a consciência (de) escolha é idêntica à consciência que temos (de) nós. É preciso ser consciente para escolher, e é preciso escolher para ser consciente. **Escolha e consciência são uma só e mesma coisa.** (Sartre, 1943/2015, p. 569-570, grifo nosso).

Para termos consciência de quem somos, devemos estar comprometidos com nossos projetos; comprometidos com o ato, o motivo, o fim almejado etc. Somos o projeto que fazemos de nós mesmos e captamos esse nosso ser – captamos por uma consciência não posicional – ao vivenciá-lo. Por outro lado, ao nos relacionarmos com o mundo, de maneira a nos escolhermos conforme o escolhemos – em sua significação –, esse Em-si reflete a imagem do que somos e, assim, também nos percebemos, mas, desta vez, pela consciência posicional.

> O valor das coisas, sua função instrumental, sua proximidade e seu afastamento reais (que não tem relação com sua proximidade e seu afastamento espaciais) nada mais fazem do que esboçar minha imagem, ou seja, minha escolha. Minhas roupas (uniforme ou terno, camisa engomada ou não), sejam desleixadas ou bem cuidadas, elegantes ou ordinárias, meu mobiliário, a rua onde moro, a cidade onde vivo, os livros que me rodeiam, os entretenimentos que me ocupam, tudo aquilo que é meu, ou seja, em última instância, o mundo de que tenho perpetuamente consciência – pelo menos a título de significação subentendida pelo objeto que vejo ou utilizo –, tudo me revela minha escolha, ou seja, meu ser. (Sartre, 1943/2015, p. 571).

Estamos nos escolhendo a cada momento e em cada decisão, seja ela corriqueira ou não. Cada vez que vislumbro um possível diferente daquele possível inicial que eu havia elegido, preciso me escolher novamente, podendo, assim, alterar meu projeto inicial. Por termos consciência da nossa liberdade de se inventar e se reinventar, e da responsabilidade que nos cabe pelas escolhas que fazemos, visto que, como mencionado, não somos seres determinados por ocorrências anteriores, experienciamos o que Sartre (1943/2015) nomeia de **angústia**; essa angústia traduz a condição de nossa consciência; temos consciência perpétua da nossa condição de **escolher-nos** a cada instante. Quando fundamento um novo projeto, nadifico minha escolha anterior, interiorizando-a como um saber do meu passado; passado este que pode ser posicionado como objeto pela consciência que, ao avaliá-lo, rompe com ele e segue para sua nova escolha. A este começo, que se dá como fim de um projeto anterior, Sartre (1943/2015) chamou **instante**.

Percebemos que ao escolhermos x, estamos deixando y, z e outros para trás. Dizer que eu poderia ter escolhido y, equivale a dizer que uma outra versão de mim poderia ter sido possível; mas, a existência de outra versão de mim implicaria a existência de um outro mundo que não o meu. Como por exemplo, em uma ideia de multiverso[13]. Blake Crouch, ao escrever sua célebre obra de ficção científica *Matéria Escura* (2017), nos apresenta o cientista Jason Dessen que, ao se deparar com a existência de um multiverso, encontra outros Jason que realizaram escolhas diferentes das suas e obtiveram resultados diferentes dos seus, cada um em seu mundo; e, também, como cada um desses mundos, compostos por escolhas diferentes, se dife-

---

[13] Na física, o termo multiverso remete a hipótese de existência de múltiplos universos. Assume que tudo aquilo que poderia estar acontecendo, ou ter acontecido, de fato acontece, mas em diferentes universos.

renciam entre si, pois cada projeto fundamentado implicou em diferentes fins e anunciou diferentes Jason(s). Aqui, ainda que não nos refiramos a um "outro mundo" no sentido da existência de um multiverso, adotamos essa ideia de que um ser-no-mundo diferente do ser que fui, revelaria uma face do mundo diferente da que revelei. Essa angústia diante de uma abdicação também é muito bem ilustrada por Robert Frost (1874 - 1963) por meio de seu poema *The Road Not Taken* (1916), traduzido por Paulo Mendes[14] como *A Estrada que não Percorri*:

> Em um bosque amarelo, o caminho se bifurcava em duas estradas / E desculpe-me, eu não podia seguir por ambas, / Eu, o viajante solitário, passei longo tempo ali / E olhei uma das estradas tão longe quanto pude / Até lá onde ela se deitava nos campos / Daí, eu peguei a outra estrada, para ser justo, / E tive quem sabe a melhor das intenções, / Porque era verdejante e eu queria segui-la; / Embora quem passa por ali / Costuma usar as duas, sem dúvida; / E ambas as estradas estendiam-se sem fim pela manhã adentro / Com folhas que ainda não haviam sido pisadas. / Oh, eu deixei a primeira estrada para um outro dia! / Eu sabia que um caminho leva a outro e a outro, / E duvidava que pudesse retornar um dia. / Em algum lugar, séculos e séculos depois, / Eu sei que direi com um suspiro: / Havia uma bifurcação em um bosque, e eu – / Eu peguei a estrada menos utilizada, / E isso tem feito toda a diferença. (Kindle Babel, 2018).

Essas escolhas que fazemos, nos diz Sartre (1943/2015), são coerentes com o projeto de ser ao qual nos lançamos. Seja qual for o nosso ser, ele é pelas nossas escolhas. **Ser** é conduzir-se de determinada maneira em determinada circunstância; é transcender uma situação dada, rumo a um possível; é revelar o mundo através dos fins escolhidos; ser é liberdade em situação. Mas o que significa dizer que a liberdade é em situação?

> O argumento decisivo empregado pelo senso comum contra a liberdade consiste em nos lembrar de nossa impotência. Longe de podermos modificar nossa situação ao nosso bel-prazer, parece que não podemos modificar-nos a nós mesmos... Bem mais do que parece "fazer-se", o homem parece "ser feito" pelo clima e a terra, a raça e a classe, a língua, a história da coletividade da qual participa, a hereditariedade, as circuns-

---

[14] Para mais informações, acesse: https://kindlebabel.wordpress.com/2018/11/14/the-road-not-taken-by-robert-frost-minha-traducao/

> tâncias individuais de sua infância, os hábitos adquiridos, os grandes e pequenos acontecimentos de sua vida. (Sartre, 1943/2015, p. 593).

No entanto, tal argumento não se sustenta contra a liberdade, visto que quando falamos acerca das adversidades, falamos sobre aquelas instauradas pelo posicionamento que fazemos de nossos fins; ou seja, é por nosso projeto que situações – neutras em si mesmas – emergem enquanto adversidades (Sartre, 1943/2015).

O ser livre é aquele que pode realizar seus projetos; mas, não nos confundamos: projetar não é realizar. Na condição de as realizações dependerem apenas de nossas projeções, viveríamos em um mundo tal qual o mundo imaginário, onde possíveis e reais não se diferenciariam; bastaria uma alteração de nossa consciência para que o mundo se alterasse. Somos livres ao transcendermos rumo a um fim – ainda não existente, porém possível – que anuncia quem somos. Nos distanciando das considerações do senso comum, "'ser livre' não significa 'obter o que se quis', mas sim 'determinar-se por si mesmo a querer (no sentido lato de escolher)'" (Sartre, 1943/2015, p. 595).

Aqui, diz Sartre (1943/2015), não tratamos de liberdade como equivalente a obter fins escolhidos, mas como autonomia de escolha de um Para-si inserido em um meio Em-si; um meio Em-si que apresenta um algo dado (um fato) que é nadificado pela liberdade que, ao agir, busca escapar rumo a tal ou qual fim. A liberdade, ou o Para-si, no entanto, não é livre para deixar de ser livre, e nem é livre para deixar de existir, pois ela não é seu próprio fundamento; logo, estamos condenados a ser livres.

> [...] o fato de não poder não ser livre é a *facticidade* da liberdade, e o fato de não poder não existir é a sua *contingência*. Contingência e facticidade se identificam: há um ser cuja liberdade tem-de-ser em forma do *não ser* (ou seja, da nadificação). Existir como o *fato* da liberdade ou ter-de-ser um ser no meio do mundo é a mesma coisa, o que significa que a liberdade é originariamente *relação com o dado*. (Sartre, 1943/2015, p. 599, grifos do autor).

Quanto a este dado, trata-se do Em-si nadificado, que só tem sua qualidade revelada à luz dos fins projetados. Por meio dos fins elegidos, a liberdade estabelece uma relação entre o mundo, com seus dados brutos, e o ser que ela tem-de-ser, Sartre (1943/2015) chamou de **situação**. Ao surgir, lançada em um projeto, a liberdade confere qualidades aos dados do mundo segundo os fins projetados; sendo assim, cada dado será interpretado conforme a liberdade projetante que o desvela (subjetivamente), ou seja, aquilo que minha liberdade revela como obstáculo para mim, pode ser revelado como ajuda pela liberdade do e para outro. Só há liberdade em situação e só há situação pela liberdade. O que estrutura essa situação é o **lugar que habito, meus arredores, meu próprio corpo, o passado e minha relação com o Outro** (Sartre, 1943/2015).

Quando falamos de **lugar**, estamos falando quanto à ordem espacial e as coisas do mundo que emergem a nós. Enquanto escrevo, habito meu país, que possui um determinado clima, com suas determinadas riquezas etc; também estou sentada diante de uma mesa, ao lado se encontra uma estante com livros, do outro lado, uma janela e, atrás da janela, a rua e outros prédios. Ao nascermos, nosso ser-aí logo ocupa seu lugar de origem, sem escolha. Eis uma das primeiras contingências da nossa liberdade. Escapo a mim mesmo em direção ao mundo para que eu possa me situar e situar as coisas ao meu redor; nego o mundo e suas coisas, que não sou, para que eu possa anunciar, pela transcendência de minha liberdade, o ser-aí que sou; assim, relaciono-me com esse mundo. Segundo os fins que elejo, meu lugar irá se significar, por exemplo, enquanto auxílio ou obstáculo. Quando entendo que estou posicionada em certo lugar, entendo que também estou posicionada mais perto ou mais longe em relação àquilo que quero alcançar. Pela luz do futuro projetado é que significo e compreendo minha posição, revelando, com isso, a facticidade que meu lugar é para mim (Sartre, 1943/2015).

Como bem tratamos anteriormente, temos um **passado** e ainda que este passado não determine nossas ações em uma equação de causa e efeito, ele se relaciona com nosso existir. O passado é o que é e está fora do alcance de nossas ações, sem qualquer perspectiva de mudança e sujeito à nossa existência. Assim, não podemos modificá-lo, mas podemos nos decidir a partir dele. Nosso passado está ligado ao nosso presente, pois tudo o que sou, sou tendo-sido. Para tratar melhor a estrutura do passado, Sartre (1943/2015) explica:

> [...] não é possível que aquilo que é ilumine aquilo que ainda não é: pois aquilo que é *falta* e, consequentemente, só pode ser conhecido enquanto tal a partir daquilo que lhe falta. É o fim que ilumina aquilo que é. Mas, de modo a ir buscar o fim por-vir para, através dele, anunciar a si o que é aquilo que é, é necessário estar já Para-além daquilo que é, em uma tomada de distância nadificadora que faz surgir claramente aquilo

> que é estado de sistema isolado. Aquilo que é, portanto, só adquire sentido quando *transcendido* rumo ao porvir. Aquilo que é, portanto, é o passado. (p. 610-611, grifos do autor).

Para que eu seja, preciso conservar meu passado de modo a nadifica-lo para que o ser que sou parta em direção ao futuro; é com relação aos fins escolhidos que o passado é o que é em sua significação. Ou seja, ainda que o passado em seu fato bruto seja imutável, sua significação acompanhará o projeto presente que faz emergir essa memória, conferindo-lhe valores atuais. É desta forma que se mantém, por exemplo, um vínculo conjugal; projetando permanecerem unidos, resgatam e reafirmam os votos passados, confirmando o projeto fundamental. Portanto, poderemos tratar de um passado vivo – aquele que se confirma pelas escolhas dos meus fins, e um passado morto – aquele que não é confirmado por meus fins atuais –, por assim dizer. E justamente por ser significado à luz de um projeto singular é que os sentidos de eventos históricos se encontram em suspenso; visto que o próprio historiador é histórico e que significa esse passado segundo seus fins escolhidos. O Para-si encontra-se em uma historização perpétua (Sartre, 1943/2015).

> Dizer que o passado do Para-si está em suspenso, dizer que seu presente é uma espera, dizer que seu futuro é um livre projeto, ou que o Para-si nada pode ser sem ter-de-sê-lo ou é uma totalidade-destotalizada, significa a mesma coisa. Mas, precisamente, isso não encerra qualquer indeterminação em meu passado, tal como ele a mim se revela presentemente: quer apenas colocar em questão os direitos que tem de ser definitiva minha atual descoberta de meu passado. (Sartre, 1943/2015, p. 616-617).

Cabe a nós, no momento presente, conferirmos valor à facticidade que é nosso passado. Esse passado nunca deixará de existir, é verdade, mas somos nós que escolhemos, diante de cada situação, o quanto seremos solidários a ele, encarando-o como algo que sou, ou o quanto o rejeitaremos, encarando-o como um ser que tenho-de-ser mesmo que já não o seja mais (Sartre, 1943/2015).

Quanto aos **arredores**, não devemos confundi-los com o lugar que citamos anteriormente. Arredores se referem às coisas-utensílios que nos cercam. Ao ocuparmos nosso lugar de origem (de onde partirmos), tomamos conhecimento dos arredores presentes; quando nos dirigimos a outro lugar, descobrimos novos arredores. Cada uma dessas coisas-utensílios possui uma potencialidade que se destaca sobre o fundo de uma situação e que pode atuar tanto a meu favor, quanto contra mim, a depender do projeto que tracei inicialmente. Os arredores são passíveis de mudanças, seja o vento que, naturalmente, pode soprar com mais ou menos intensidade, seja um objeto que pode ser modificado por mim ou, até mesmo, por outra pessoa (Sartre, 1943/2015).

A liberdade, aponta Sartre (1943/2015), pela qual a pessoa realiza as escolhas dos fins e a maneira como irá persegui-lo, revela os arredores que poderão se apresentar enquanto obstáculo ou apoio. Mesmo que a princípio os arredores se apresentem como obstáculos, a pessoa pode escolher outros meios para superá-los. Relacionando-se com os arredores, a consciência livre os reconhece como seres que ela não é, e segue se projetando; para existir liberdade, portanto, é preciso que esta preveja e aceite as resistências reveladas pelos Em-si que independem dela mesma. Assim, é da natureza de todo projeto criar uma margem para contemplar certas imprevisibilidades que venham a acontecer; fato que leva todo projeto a se manter em aberto devido à "perpétua previsão do imprevisível" (p. 623).

Falemos sobre outra estrutura da situação apontada por Sartre (1943/2015): o meu próximo, ou seja, **o Outro**. Lançados no mundo, percebemos que nossos arredores se encontram sob uma significação que não lhes foi conferida por nós, mas que já estão dadas a eles. O mesmo ocorre quando percebemos existir uma significação sobre nós mesmos que não nos demos. O que significa, para a nossa situação, vivermos em meio aos Outros?

> [...] o problema assim formulado exige que estudemos sucessivamente três categorias de realidade que entram em jogo para constituir minha situação concreta: os utensílios *já* significantes (a estação, o sinal da ferrovia, a obra-de-arte, o aviso de mobilização para o serviço militar), a significação que descubro como sendo *já minha* (minha nacionalidade, minha raça, meu aspecto físico), e, por último, o Outro como centro de referência ao qual tais significações remetem. (Sartre, 1943/2015, p. 626, grifos do autor).

No mundo em que habitamos, existem significações objetivas criadas por outrem, independentes de nossa liberdade, as quais descobrimos por meio de nossa existência. Somos lançados em um mundo já significante, onde as significações dos objetos, por serem contingentes, independem de nós. Deste modo, uma série de coisas têm suas adversidades apresentadas antes mesmo de podermos experimentá-las. Dirigindo por uma estrada, ao me aproximar de determinada curva, uma placa de sinalização já me adianta: "Cuidado! Curva perigosa". Ainda que seja uma significação já impressa neste signo (placa de trânsito), que é um Em-si, ei de acatá-la e, tão logo, reduzirei minha velocidade. Assim, nos submetemos a certas condições determinadas (Sartre, 1943/2015).

É um fato que nossa existência no mundo se dará em presença de outros, o que faz com que a apropriação que fazemos do mundo aconteça por meio de técnicas coletivas que foram constituídas antes mesmo de sermos lançados a esse mundo. Nos encontramos, então, pertencentes a certas coletividades como "(a) *espécie humana*, (a) coletividade nacional, (o) grupo profissional e familiar" (Sartre, 1943/2015, p. 629, grifos do autor) e nos afirmamos enquanto pertencentes a essas coletividades ao dispormos de suas técnicas. Pertencer à espécie humana é saber andar, segurar, falar etc.; mas, saber falar é saber falar determinada língua, o que manifesta nosso pertencimento a determinada nacionalidade; por conseguinte, a uma família, uma religião etc. A realidade de nosso pertencer se afunila; partindo de estruturas gerais, para estruturas ainda mais gerais; partindo de uma essência mais singular, para uma essência mais universal.

Lançados neste mundo de existentes, o Para-si, que é livre, acata, individualmente, os conjuntos de técnicas já estabelecidos pelo Outro, servindo-se deles e estabelecendo uma relação entre esses iguais que sustentam uma espécie. É o que ocorre com a linguagem, por exemplo, quando nos servimos dela, estamos nos servindo de um conjunto de técnicas criadas pelo Outro; em tese, eu me subordino à linguagem da minha família, que se subordina à linguagem de nossa região, que se subordina à linguagem nacional. Cada uma das técnicas existentes – ou extintas – com que esse Para-si se depara, surge e se mantém/altera/aperfeiçoa/extingue conforme as demandas de cada realidade. Como exemplifica Sartre (1943/2015), as possibilidades oferecidas aos vassalos pelo sistema feudal, não são cabíveis a nós ao considerarmos nossa contemporaneidade regida por um sistema capitalista. De igual maneira, para uma sociedade contemporânea que se serve da internet para se comunicar com outros que estão em outros países, não faz sentido realizar esta comunicação por meio de cartas. Assim, diferentes momentos inspiram diferentes técnicas. O Para-si, no entanto, não deixa de ser livre por se submeter a esse conjunto de técnicas existentes. Ele continua sendo, mas sua liberdade depende de seus arredores, da condição em que está situado (Sartre, 1943/2015).

A LITERATURA PARA SITUAÇÕES: UM RECURSO PARA A PSICOLOGIA EXISTENCIALISTA

Assim, somos lançados frente a uma existência em bruto, repleta de significações que em nada dependem da minha escolha para existirem. No entanto, dizer que nos submetemos a essas significações que nos são dadas não significa dizer que nossa liberdade é limitada por elas. O Para-si é livre em seu esforço para escolher-se, mantendo consigo algumas dessas características que fazem dele um ser da espécie humana. Qualquer que seja o dado que buscamos compreender, o compreendemos a partir de uma situação, e qualquer que seja essa situação, a compreendemos à luz de nossos fins originais. Escolhendo sua essência em meio à espécie humana, cada Para-si se responsabiliza por essa espécie (Sartre, 1943/2015).

Lançado em um mundo previamente significado pelos Outros, o Para-si acaba por se alienar a esses sentidos que não são originados por ele e a existir, simultaneamente, em relação com outros Para-sis (outras consciências/subjetividades/liberdades) que também habitam esse mundo. É nesse mundo que o Para-si é livre, livre para escolher-se para além de todas as circunstâncias que o rodeiam (Sartre, 1943/2015).

Falemos agora sobre a **morte**, outra das estruturas da situação. A morte não é simplesmente uma estrutura da situação humana, mas uma estrutura individualizada à medida que a interiorizamos; é "o fenômeno de *minha* vida pessoal que faz desta vida uma vida única, ou seja, uma vida que não recomeça, uma vida na qual não podemos ter uma segunda chance" (Sartre, 1943/2015, p. 652, grifos do autor).

Ainda que saibamos que a morte, no fim, é inevitável, esse fenômeno, por norma, não pode ser esperado por nós, considerando que só podemos esperar por um acontecimento determinado que se realizará por processos também determinados. Seria diferente se considerarmos, como exemplo apontado por Sartre (1943/2015), um condenado à morte por execução dentro de alguns dias; este poderá dizer que espera por sua morte, já que neste caso está precisamente condenado a morrer. Expectar a morte, ou seja, estar na expectativa, é diferente de esperá-la. Posso expectar a morte por saber que minha vida é limitada e, com isso, considerar que ela se aproxima a cada minuto que passa. No entanto, segundo Sartre, não posso saber se o curso da vida – determinadas situações, fenômenos etc. – me aproxima ou me distancia da morte. Pelo fato de a morte ser indeterminada, sua chegada pode surpreender aqueles que a esperam para determinado momento de suas vidas.

Enquanto Para-si, nossa vida se constitui por um circuito de esperas. Desvelados os nossos fins, esperamos alcançá-los, mas não só isso, pois esperamos por esperas que, por sua vez, esperam por outras esperas; uma constituição em série que se findará, enfim, quando alcançarmos a condição de ser e não mais de espera de ser, ou seja, a condição de ser uma plenitude Em-si-Para-si. Uma plenitude em que não mais nos cabe projetar ou esperar; onde o que aconteceu, aconteceu e ponto; onde o que não aconteceu, não aconteceu e ponto; sem mais possibilidades de vir-a-ser alguma coisa; uma totalidade não mais em aberto em que, "por fim, *somos* aquilo que *somos tendo sido*, irremediavelmente" (Sartre, 1943/2015, p. 660, grifos do autor), e sendo aquilo que somos tendo sido, a morte não é responsável por dar à vida seu sentido, mas sim por suprimir da vida toda a significação – significação esta que só o porvir pode nos dar. Somos livres mortais e, devido à nossa mortalidade, a morte se apresenta, não como limite, mas como destino aos nossos projetos (Sartre, 1943/2015).

Vimos, então, que aquilo a que chamamos **situação** se constitui por essas estruturas apresentadas – lugar, passado, arredores, morte e o Outro. Assim, ser-em-situação é existir em meio de outros existentes e se relacionar com as realidades circundantes e com as facticidades com que nos defrontamos – é nessa conjuntura que a **subjetividade** poderá ser consciência de algo, isto é, subjetividade-objetivada por um Ser, que o significa e escolhe o que fará com esse Ser que apreende.

Para haver situação, portanto, é preciso que essa se correlacione com nossa transcendência, aonde partimos do que somos rumo àquilo que ainda não somos; sendo seres-em-situação, definimos a realidade humana enquanto totalidade de ser ser-Para-além e ser-aí; em situação, o Para-si é temporalização, por isso nós não somos, nós estamos, nosso projeto de ser é um constante vir-a-ser; toda situação é desvelada pelas escolhas que fazemos a partir do projeto que traçamos (Sartre, 1943/2015).

A partir das considerações apresentadas acerca da liberdade do Para-si, podemos perceber que, por ser condenada à liberdade, a pessoa é responsável por si e por todo o mundo. Tudo o que acontece, com pessoas à minha volta ou mesmo comigo, é uma situação humana, criada e sustentada humanamente; de responsabilidade humana. Se escolho pela guerra em vez do suicídio ou da desonra, como exemplifica Sartre, tenho minha responsabilidade sobre ela; escolher a guerra é, imprescindivelmente, escolher-me. Toda a realidade humana define-se pelos fins que perseguimos (Sartre, 1943/2015).

Compreender como se dá a constituição do sujeito, segundo o existencialismo sartriano, faz-se necessário para alcançarmos o objetivo de nossos estudos. Mediante tais considerações, apresentaremos em nosso momento de análise as contribuições que a literatura pode apresentar a esse sujeito que é um ser em situação e em constante constituição. Veremos que, por meio do que chamamos de *literatura para a situação*, a pessoa pode alcançar uma reflexão acerca de suas experiências e da situação em que se encontra; pode conhecer novas formas de ser, ampliando seu horizonte de possibilidades; pode (re)construir seu projeto e, conhecendo-o por uma consciência reflexiva, passar a escolher-se de forma mais autêntica na intenção de alcançar os fins por ela elegidos.

As contribuições acerca da constituição do sujeito apresentadas por Sartre em *O Ser e o Nada*, tais como tantas outras contribuições significativas presentes em tal obra, foram um marco para a filosofia existencial sartriana. Alguns anos após a publicação de *O Ser e o Nada*, Sartre deu continuidade à sua trajetória filosófica, construindo e reconstruindo seus saberes, o que levou, em 1960, à publicação de *Crítica da razão dialética*, em que o autor aborda a subjetividade por um viés dialético, social e histórico. Nesta obra, bem como em *O que é a Subjetividade?* (Sartre, 2013/2015), sobre a qual nos debruçaremos a seguir, a noção de Sartre sobre a subjetividade passa a ser discutida na dimensão antropológica, quando o autor, ao dialogar com os marxistas, chama a atenção para a importância de considerar a subjetividade no mundo materialista e histórico, considerando que são as pessoas que constroem o campo da materialidade e a história, ao mesmo tempo em que são construídas por esses.

1.2.3 A subjetividade na dimensão antropológica

Em dezembro de 1961, quando Sartre foi convidado pelo Instituto Gramsci a proferir uma conferência em Roma, o autor buscou responder a uma inquietação que lhe acompanhava há décadas: afinal, *o que é a Subjetividade?* Tal conferência fora objeto de uma publicação em italiano, na revista *Aut Aut*, em 1973; assim como de uma publicação em francês, na revista *Les Temps Modernes*, em 1993, que antecedeu uma nova edição, em 2013, após conhecimento e acesso à retranscrição das discussões que sucederam à conferência. Edição esta que chegou ao Brasil em 2015, pela editora Nova Fronteira Participações S.A., sob o título *O que é a Subjetividade?*, que abordamos neste subtópico.

Por meio da obra *O que é a Subjetividade?* (Sartre, 2013/2015) intencionamos resgatar o entendimento de Sartre a respeito deste conceito a fim de levantar possíveis aportes para a questão do presente estudo. Sartre limita, ao iniciar sua fala, a intenção de tratar "a subjetividade no âmbito da filosofia marxista" (p. 10). Estabelece tal limitação após ter apresentado que o marxismo

> Continua sendo, portanto, a filosofia de nosso tempo: é insuperável porque as circunstâncias que o engendraram ainda não estão ultrapassadas. Nossos pensamentos, sejam eles quais forem, não podem se formar a não ser sobre esse húmus; devem conter-se no enquadramento que ele lhes fornece, perder-se no vazio ou retroceder. Do mesmo modo que o marxismo, o existencialismo aborda a experiência para nela descobrir sínteses concretas; só pode conceber essas sínteses no interior de uma totalização em movimento e dialética que nada mais é do que a própria História ou – do ponto de vista estritamente cultural em que nos situamos aqui – do que o "devir-mundo-da-filosofia". (Sartre, 1960/2002, p. 36).

Partindo da perspectiva marxista e dialogando com ela, Sartre aborda as experiências e compreende as totalidades sintéticas, inserindo a subjetividade. Logo de início, o autor deixa clara sua pretensão em falar sobre objetividade/objetivação e subjetividade/subjetivação, mas não sobre a relação entre pessoa e objeto, assunto que se tratava de outro problema. Segundo Sartre (2013/2015), "quando se fala de subjetividade, fala-se de certo tipo, como veremos, de ação interna, de um sistema, de um sistema em interioridade, e não de uma relação imediata com o sujeito" (p. 27).

Para entendermos a pessoa total, segundo a filosofia marxista, é preciso nos voltarmos para uma concepção de humano que se define por uma dialética de três termos: o humano que tem **necessidades**, que busca satisfazê-las por meio de seu **trabalho**, e que atinge maior ou menor **prazer** ao fim desse processo; uma dialética de necessidade, trabalho e prazer. Há, então, uma ligação da pessoa real com a realidade que não é ela, ou seja, com a sociedade e com o ser material, contornada pelas influências de um sistema econômico estabelecido. Encontramos a pessoa em uma ligação transcendente com o que se encontra fora dela - com uma exterioridade -, por meio de sua necessidade; ela necessita de algo que não está em si e, assim, constitui-se uma relação transcendente da pessoa com seu meio, ou

A LITERATURA PARA SITUAÇÕES: UM RECURSO PARA A PSICOLOGIA EXISTENCIALISTA

seja, uma ligação com o ser de fora, externo. Pela necessidade, o trabalho e o prazer, tem-se uma explosão de si mesmo para fora e, ao mesmo tempo, uma retomada para si (Sartre, 2013/2015).

Ao buscar compreender a interioridade - que se relaciona com a exterioridade -, Sartre (2013/2015) parte, como um exemplo, da constituição do corpo humano. Corpo esse que - como qualquer sistema material, possui um interior - é regido por um estatuto orgânico assim como por um estatuto inorgânico. Isso, pois, ao dizer que o corpo é regido por um estatuto orgânico, Sartre exemplifica apontando ser possível admitir o corpo como um conjunto de células. No entanto, simultaneamente, aponta que esse mesmo corpo é constituído majoritariamente por água – logo, também é regido por estatuto inorgânico. Por fim, seguindo o exemplo, o autor mostra que o estatuto orgânico não se separa do inorgânico, mas é parte constituinte do último. Por consequência, trata-se de um movimento de interiorização do exterior.

A essa fração do exterior que se permite ser interiorizada, Sartre (2013/2015) nomeia exterioridade do aquém. Nesse exemplo, o estatuto inorgânico que se submete ao orgânico. Por sua vez, a diferença do conjunto do exterior e do interior – ou seja, a exterioridade que não se interioriza, nem se submete – recebe o nome de exterioridade do além.

> [...] mas não convém pensar que esses dois momentos são necessariamente distintos em si, isto é, distintos não por razões de temporalidade ou de distribuição de setor. No fundo, é o mesmo ser, o mesmo ser em exterioridade, que procede a uma mediação com ele mesmo, que é a interioridade. Como essa mediação define o lugar em que há a unidade de dois tipos de exterioridade, ela é necessariamente imediata para si, no sentido em que não contém seu próprio saber. Por isso, e veremos por quê, é no nível dessa mediação, que não é mediada, que encontramos a subjetividade pura. (p. 34).

Compreendendo, então, onde "encontra-se" a subjetividade, é preciso entendermos, também, as razões pelas quais essa mediação mencionada acima implica o não saber. Para tanto, Sartre (2013/2015) nos apresenta, como exemplo, um ocorrido entre um de seus amigos, Morange, e um operário antissemita. Convém dizer, como coloca Sartre, que, ainda que inimigo dos judeus, o antissemita não costuma declarar-se como tal. No lugar disso, levanta uma série de características que considera negativas em um judeu, justificando, assim, as razões para tratá-los da forma com que trata, mas sem admitir que os odeia, como se não se visse como sendo antissemita.

Aqui, tem-se um movimento que busca se justificar apontando a objetividade (o judeu com seus defeitos), e não a subjetividade (o antissemitismo), como sustento para suas ações. Há, aqui, um não conhecimento de si, ou, o não saber; onde o ser antissemita ocupa o campo da consciência irrefletida do sujeito. Ainda assim, é possível dizer que, em algum momento, algo leve a condição antissemita a um campo de consciência reflexiva, em condição, agora, de objeto refletido. Retomando o exemplo compartilhado por Sartre, esse operário em questão costumava tratar com antipatia o intelectual Morange, um judeu, que frequentava com ele uma célula do Partido Comunista. Morange sabia não estar recebendo um tratamento diferente pelo fato de ser um intelectual, já que o operário mantinha uma boa relação com os demais intelectuais presentes naquele grupo. Quanto ao operário, como mencionamos anteriormente, nunca havia se declarado, sequer para si mesmo, ser antissemita. Após algum tempo desse mesmo cenário, o operário chega até Morange e diz:

> Olhe, entendi agora. No fundo, não gostei de você esse tempo todo porque você é judeu, e só agora percebo que foi porque não me livrei de resquícios da ideologia burguesa, eu não tinha entendido direito, e você, ao contrário, dá um exemplo que me ajuda; compreendi que detesto o judeu que vejo em você porque sou antissemita. (Sartre, 2013/2015, p. 36).

Naquela situação, como Sartre (2013/2015) apresenta, foi a contradição entre um comportamento geral e o comportamento particular travado com Morange, que levou o operário a uma tomada de consciência reflexiva sobre aquilo que antes se encontrava como um não saber. Convém considerarmos que, naquele momento, essa tomada de consciência poderia não ser tão benéfica assim ao operário. Sua condição antissemita encontrava-se à margem de ser extinta, portanto, uma resposta possível para esse momento de percepção seria uma recaída ao comportamento antissemita, que levasse o operário para mais longe de uma superação. Apesar disso, o fato foi que o operário se manteve bem perto de superar sua condição antissemita, pois, após ter tomado conhecimento sobre ela, o antissemitismo **deixa a posição subjetiva e passa à posição de objeto diante da reflexão** do operário. Agora, é possível que o operário reflita sobre a condição percebida e se escolha diante dela; considerando que há um confronto entre seu ser comunista e seu ser antissemita.

Ora, essa distinção da relação entre o antissemita como subjetividade, como sujeito percebendo um objeto

> **que é o judeu, e o antissemita como reflexão percebendo a si mesmo como objeto antissemita, mostra que o conhecimento do subjetivo tem de fato algo destruidor para o próprio subjetivo.** (Sartre, 2013/2015, p. 37, grifo nosso).

Conforme explica Sartre (2013/2015), observamos, então, a existência de um elemento, primeiramente oculto (o antissemitismo), este que foi desvelado pela consciência do operário. Neste caso, há um vínculo de conhecimento entre objeto conhecido (antissemitismo) e objeto cognoscente (operário). À vista disso, tem-se, então, o conhecimento, uma ação transformadora sobre o objeto conhecido? Vejamos. Percebemos, no caso do operário, que uma transformação de fato aconteceu: o objeto antissemitismo, antes desconhecido, se transforma. Todavia, seria idealismo de nossa parte admitirmos como verdade que o mesmo pode acontecer em todas as situações de tomada de conhecimento. Antes de ter sido descoberta, a existência daquele que hoje é conhecido como um dos satélites de Plutão, Hidra, era apenas ignorada. Tal qual um operário pode conhecer seus preconceitos, descobridores podem identificar um ser celestial. A diferença é que no caso de Hidra, o vínculo de conhecimento entre os descobridores e o satélite não o modificou em nada; não há transformações. O que, de diferente, aconteceu na situação do operário?

> Ele construiu dois sistemas no sentido em que totalizou em exterioridade um camarada israelita ao dizer que ele é um judeu, e acaba de se totalizar ao dizer: "Sou um antissemita." A palavra pronunciada supera então muitíssimo o trabalho que ele efetuou sobre si, reclassifica-o, coloca-o na objetividade dentro de um grupo, introduz um sistema axiológico de valores, o que lhe promete um futuro e lhe impõe um compromisso: "se sou antissemita" isso significa "detesto todos os judeus"; quer dizer que na próxima semana, quando eu encontrar um, também vou detestá-lo. Em termo de valor, isso induz que já não sou o homem que compartilha os valores dos meus camaradas; ao contrário, em nome dos valores deles, eu estou condenado, e preciso portanto escolher entre condená-los ou condenar a mim mesmo etc. (Sartre, 2013/2015, p. 38).

As condições, coloca Sartre (2013/2015), foram nomeadas: judeu e antissemita; exercendo efeito sob o operário, reclassificando-o enquanto objetividade e, ao mesmo tempo, prometendo-lhe um futuro, induzindo à certas condutas, visto que na posse de tal conhecimento, o operário precisará se escolher novamente, diante das possíveis hipóteses para o seu futuro. Não havia, antes de se pronunciar judeu, **um conhecimento de si para além de uma "tentativa subjetiva de orientar-se no mundo...** Vemos assim que o aparecimento da subjetividade-objeto provoca na pessoa a sua transformação" (Sartre, 2013/2015, p. 39, grifo nosso). O que queremos dizer é que ao passar para o plano objetivo, a subjetividade se modifica; ao contrário de Hidra, cuja nomeação não lhe acarreta transformação alguma.

Como poderíamos, então, falar no que se refere à subjetividade sem transformá-la em objeto, visto que quando conhecida, ela se transforma? Na condição de considerarmos a subjetividade onde a mesma acontece, ou seja, nesse campo de interiorização, ela se tornará meramente um objeto exterior; perde seu caráter.

> Mas o ponto em que eu melhor reconheço a subjetividade é nos resultados do trabalho e da práxis, em resposta a uma situação. Se posso descobrir a subjetividade será por uma diferença existente entre o que a situação costuma exigir e a resposta que lhe dou... A resposta nunca será completamente adequada à demanda objetiva; irá além da demanda ou se porá exatamente onde é preciso, ficará ao lado ou aquém. Logo, é na resposta, como objeto, que podemos perceber o que é em si a subjetividade. *A subjetividade está fora, como característica de uma resposta, e, na medida em que é um objeto que é constituído, como característica do objeto.* (Sartre, 2013/2015, p. 40-41, grifos do autor).

Quando ainda não possuía conhecimento de sua condição antissemita, aponta Sartre (2013/2015), podíamos observar nas ações do operário uma manifestação pura de subjetividade. O operário era antissemita por ter se tornado antissemita; manteve em seu interior uma totalização que integrou traços daquela ideologia burguesa por ele mencionada, reexteriorizando-a sob a forma do que podemos chamar de singularidade exterior.

> Eis uma característica essencial para nós da subjetividade: *se a subjetividade é, por definição, não saber, mesmo no nível da consciência, é porque o indivíduo, ou o organismo, tem de ser o seu ser.* Há para isso duas maneiras, como já indicado: uma consiste em ser o seu ser material... A outra consiste em modificar, por uma prática, todo o conjunto para manter-se tal como se é ou então aceitar certas modificações para conservar o conjunto; é a práxis. É mais complexo, mas, entre o estado de inércia de um sistema e a práxis propriamente dita, há essa condição de toda interioridade, ou seja, que o todo não existe

> como algo dado anteriormente e que seria preciso, depois, manter, mas que ele é algo a ser mantido perpetuamente; não há nada *a priori* em um organismo, há, na realidade, uma pulsão constante, uma tendência que se funde com a construção do todo, e esse todo que se constrói é presença imediata para cada parte, não sob forma de simples realidade passiva, mas sob forma de esquemas que exigem das partes – o termo "exigem" é evidentemente analógico – uma retotalização em todas as circunstâncias. Estamos aqui diante de um ser cuja definição de interioridade é ter-de-ser seu ser. (Sartre, 2013/2015, p. 45, grifos do autor).

Sartre (2013/2015) nos mostra também outras duas dimensões que devem ser continuamente retotalizadas na subjetividade. São elas: o passado e o ser de classe. Para tanto, há na subjetividade um caráter de repetição que leva o ser a se retotalizar; o ser se repete, pois para que possamos negar o passado, é preciso que ele seja retotalizado e não reduzido a uma mera instância passiva. O passado acompanha nosso ser sob o modo do não saber; passado esse que se mantém ligado a um ser de classe. No entanto, quando tratamos do ser de classe, tratamos da possibilidade que leva a pessoa a se reinventar. Ora, ainda que não saibamos de copiosos aspectos acerca da história do operário que tomamos como exemplo, sabemos, conforme apresentou Sartre, que ele tivera em seu passado traços de uma burguesia antissemita que o circundava. Desta forma, e sob o modo de não saber, vimos o operário repetindo tais traços de preconceitos, retotalizando seu passado. Havia também seu ser de classe, ser que estende ao operário a possibilidade de reinventar a si próprio.

> Assim, a subjetividade aparece aqui como um ser de repetição, mas, ao mesmo tempo, é um ser de invenção... há duas características essenciais e contraditórias da subjetividade: por elas, o homem se repete indefinidamente, e o homem não cessa de inovar pelo fato mesmo de inventar a si próprio, já que há uma reação do que ele inventou sobre ele mesmo. (Sartre, 2013/2015, p. 53- 54).

Outra característica que devemos considerar essencial para a subjetividade é a **projeção**, como atesta Sartre (2013/2015), que seria a exteriorização do movimento de repetição/invenção que transcende a pessoa. A **subjetividade é perpétua projeção**; aonde quer que vá, o que quer que faça, a pessoa se projeta; no movimento de mediação interior/exterior, há a projeção do ser de aquém – aquela exterioridade que, como mencionado anteriormente, se permitiu ser interiorizado – sobre o ser de além – a exterioridade que não se interiorizou.

> Eles [indivíduos] projetam, precisamente nessa vida histórica, o seu ser, mas eles os projetam em função da maneira como eles mesmos estão inseridos, eles criam, a cada momento, a singularização do ser de classe; e essa singularização, que é precisamente o modo de vivê-lo cegamente e em contradição com o seu próprio passado, é, portanto, um universal singular ou uma singularização universal. Nessas condições, é, ao mesmo tempo, algo que é movido pela história e uma estrutura indispensável da história porque, em tal nível, já não estamos diante de um ser de aquém, como estávamos diante de um ser de aquém orgânico, estamos em um nível mais complexo. Estamos diante do que chamei na *Crítica da Razão Dialética*, o prático-inerte, isto é, uma quase totalidade, em que sempre a matéria predomina sobre a pessoa, na medida em que ela mesma é mediação. (Sartre, 2013/2015, p. 56).

Ao iniciarmos nossas considerações a respeito da obra *O que é a Subjetividade?*, mencionamos que a edição que elegemos para este estudo conta com as retranscrições das discussões entre Sartre e os ouvintes da conferência. Nela, nos deparamos com um capítulo que se faz muito válido ao objetivo deste trabalho, em que são apresentadas as discussões estabelecidas com a temática arte e subjetividade. Sartre (2013/2015), portanto, inicia suas réplicas – a uma questão que levantou pontos sobre a relação entre subjetividade e o meio social, e a projeção dessa nas artes – pontuando a relação entre a pessoa e o meio social.

> [...] a subjetividade é interiorização e retotalização... vive-se; a subjetividade é viver o seu ser, vive-se o que se é, e o que se é em uma sociedade, pois não conhecemos outro estado do homem; ele é precisamente um ser social, ser social que, ao mesmo tempo, vive a sociedade inteira do seu ponto de vista. (Sartre, 2013/2015, p. 99).

Toda a existência de uma pessoa espelha a sociedade. Como exemplo, para melhor ilustrar suas ideias, Sartre (2013/205) se utiliza da obra *Madame Bovary*, de Flaubert, que, como é sabido, se tornou um importante objeto de estudo para a sua filosofia. Pontuando sobre como tudo o que a pessoa faz, faz encarnada, termo utilizado pelo autor, pela própria sociedade, ele diz:

> Assim Flaubert escreve Madame Bovary! Que faz ele? De um lado, quer traçar uma descrição objetiva de determinado meio, o meio rural da França nos anos 1850, com suas transformações, o aparecimento do médico que substitui o atendente sanitarista, a ascensão de uma pequena burguesia não religiosa etc. Tudo isso, ele quer descrever perfeitamente consciente. Mas, ao mesmo tempo, quem é ele próprio que está escrevendo assim? Ele nada mais é que a encarnação de tudo isso... vai ainda mais longe porque, na medida em que é rico e vítima de sua família, continuando no ambiente doméstico, dominado primeiro pelo pai e depois pela mãe, em situação bem parecida com a situação feminina da época, ele projeta seu ser na heroína do livro. Ou seja, há duas estruturas nesse livro, que são a mesma coisa, porque só se totaliza o ser social que se é e, ao mesmo tempo, se descreve a sociedade que se vê! (Sartre, 2013/2015, p. 100).

Temos, com isso, o resultado de uma obra bela, que não se preocupa em trazer apenas o que está fora, mas também, a interiorização de quem a escreve. Ainda, resgatando a instância do não saber como parte da subjetividade, Sartre (2013/2015) pontua que Flaubert sabia, mas não sabia, o que estava fazendo. Isso, pois, Flaubert nunca propôs fazer um retrato de si ao escrever a personagem Madame Bovary, ele apenas se conscientizava de que estava fazendo, quando refletia sobre seus escritos; foi após a conclusão da obra que Flaubert exclamou, "Madame Bovary sou eu!".

O fato é que, para Sartre (2013/2015), não existe bom romance sem subjetividade. **Quando escrevemos sobre aquilo que nos cerca, escrevemos sobre nós mesmos, em um movimento de retotalização.** Há um envolvimento constante em que se apreende o real e se projeta nele, e ao se projetar, projeta a própria realidade outrora interiorizada. Na arte, temos o ponto de encontro entre o objetivo e o subjetivo. Ressaltemos, também, que não basta escrever sobre a realidade para se alcançar esse bom romance, é preciso escrever sobre aquilo que se vive[15]; o bom romance vai muito além de uma mera descrição da realidade, justamente por contar com essa fração de subjetividade. Assim, como poderíamos nós escrevermos – munidos por subjetividade – sobre a Guerra Civil da Síria? Cabe aos sírios utilizarem disso; essa vivência é deles. Caso fizéssemos, ao máximo, descreveríamos

---

[15] Um exemplo de obra conhecida por envolver seus leitores com relatos vivenciados pela autora, seria *O diário de Anne Frank*, publicado pela primeira vez em 1947. A obra apresenta os registros feitos por Anne em seu diário durante o período da Segunda Guerra Mundial, abordando suas vivências, de sua família e de outros colegas – também judeus – que, juntos, se escondiam em um anexo secreto em Amsterdã.

de forma branda uma situação conhecida e documentada a partir de outros registros. Convém tomarmos como ponto de discussão para um romance, como exemplo, as condições que vivenciamos em meio à pandemia originada pelo vírus COVID-19, que assolou o mundo a partir do ano de 2020; ou até mesmo, por que não, a vivência caótica dessa pandemia em meio a um cenário que fora negligenciado politicamente.

As considerações sartrianas a respeito da subjetividade, somadas às demais contribuições que aqui apresentamos, fundamentarão nosso momento de análise quando abordarmos a possibilidade de a literatura mediar o contato entre a pessoa e sua subjetividade-objetivada, desvelando nuances do seu ser até então não conhecidos – passando do plano irrefletido ao plano refletido – e facilitando uma transformação do mesmo, como mencionado. Alcançando o plano refletido, a pessoa poderá experimentar a reflexão acerca de sua condição subjetiva para, então, escolher-se novamente diante dela, podendo reinventar-se ou não. Antes, vejamos a seguir a forma com que as contribuições filosóficas de Sartre nos possibilitam pensar uma Psicologia de base existencialista.

2

A PSICOLOGIA DE BASE EXISTENCIALISTA SARTRIANA

O senhor... mire, veja: o mais importante e bonito, do mundo, é isto: que as pessoas não estão sempre iguais, ainda não foram terminadas - mas que elas vão sempre mudando. Afinam ou desafinam, verdade maior. É o que a vida me ensinou. Isso que me alegra montão.

Guimarães Rosa (1956)

A cientificidade da Psicologia passou a ser amplamente debatida no início do século XX por essa ter se estagnado numa "dicotomia entre um subjetivismo e um objetivismo sem recursos, sem conseguir superá-los" (Schneider, 2008, p. 290). Teóricos como Vygotsky e Politzer buscavam pensar essa questão. Schneider nos aponta que a filosofia fenomenológica ofereceu subsídios a algumas pessoas autoras que se preocuparam em pensar tal temática, abrindo caminhos para pensarem o desenvolvimento da vida psíquica da pessoa como uma totalidade temporal, ou seja, uma totalidade que, conforme se desenvolve, carrega toda uma historicidade e permanece aberta para as possibilidades de futuro que alcançará.

A corrente existencialista se apresentou como crítica às filosofias tradicionais que a antecederam. Sua preocupação em discutir a existência do ser no mundo, ampliou as possibilidades de embasamento para o campo da Psicologia:

> [...] a partir do pensamento existencialista, temáticas que embora sempre fossem parte da existência, como morte, solidão e outras, tornaram-se passíveis de reflexão e aprofundamento diante das discussões que visam uma melhor compreensão da realidade humana (Angerami, 1985, p. 12).

Angerami (1985) nos apresenta uma divergência inicial entre a Psicologia dita científica e o existencialismo. Segundo o autor, a Psicologia foi classificada como ciência empírica – aquela ciência que descobre, descreve, explica e prediz as ocorrências a partir do uso de algum método investigativo, como testes psicológicos, entrevistas, exames clínicos e outros. Para o conhecimento empírico, seria possível afirmar que "organismos diferentes reagem do mesmo modo diante de estímulos diferentes" (p. 41).

Como apresentamos anteriormente, o pensamento existencialista converge desse pressuposto ao não enquadrar a pessoa em qualquer tipo de categorização ou generalização. Assim, conforme Angerami (1985), o que o existencialismo poderia afirmar seria que "organismos diferentes reagem de modo diferente diante de estímulos semelhantes" (p. 41), preservando a singularidade da pessoa. Logo, "a Psicologia Científica... ao invés de ver o homem como ser único numa relação intransferível com seu mundo, trata de categorizar, classificar e descrever os próprios sentimentos humanos – indescritíveis por si só" (p. 42). Isso não significa dizer que o existencialismo não possa alcançar a compreensão, pelo contrário, pode "com os recursos e métodos que possui empreitar uma compreensão profunda, iluminada e completa do homem, de seu mundo e de suas possibilidades existenciais" (p. 43).

O interesse de Sartre em contribuir com a Psicologia e com a compreensão da existência humana, aponta Bertolino (1995), foi uma constante no desenvolvimento de seus trabalhos. Quando iniciou seu ensino superior na École Normale Supérieure, Paris ainda não contava com um curso de Psicologia; para formar-se psicólogo, era preciso graduar-se em Filosofia. Desse modo, ainda que tenha se formado filósofo, Sartre esteve em contato com as questões referentes à Psicologia durante sua formação. Logo, suas produções apresentavam as contribuições mútuas entre Filosofia e Psicologia.

Sua tese de conclusão no Curso de Pós-graduação em Fenomenologia – que, como mencionamos, foi publicada sob o título *A transcendência do Ego* – apresentou um ponto muito importante ao campo da Psicologia: "a separação ontológica entre a 'consciência' e a 'Personalidade' ou, se preferem, naquele contexto, o 'Ego'" (Bertolino, 1995, p. 10). Colocando o Ego como objeto para a consciência, esse se revela como "passível de observação, descrição, definição e, na seqüência [sic], de todos os procedimentos constitutivos do processo da 'ciência', no seu sentido corretamente experiencial" (p. 10). Essa preocupação em contribuir com o avanço da Psicologia deu continuidade às suas demais produções. Após seu estudo sobre a imaginação – publicado como *A imaginação*, em que se apresenta uma introdução ao assunto e *O imaginário*, em que apresenta sua teoria do imaginário – Sartre se dedicou a estabelecer sua própria Psicologia, mas percebeu que seria inviável

> [...] sem primeiro refazer as bases filosóficas disponíveis até aquele momento. Necessitava-se refazer o "Cogito"... elucidar a questão do conhecimento em termos compatíveis com o fenômeno da ciência... assentar um novo alicerce ontológico e, sobre ele, sustentar uma nova antropologia, para, somente depois, construir uma psicologia científica, como ele a desejava. (Bertolino, 1995, p. 11).

Logo, foi preciso dar um passo atrás para prosseguir com sua empreitada, o que derivou na construção de *O ser e o nada*, onde o autor tratou de questões referentes à Filosofia Ontológica e à Psicologia. A partir das novas bases formuladas por Sartre – nesse tratado ontológico que revolucionou a filosofia –, o autor pôde desenvolver o que chamou de Psicanálise Existencial. Mais de uma década e muitos outros escritos depois, Sartre dialogou com o marxismo e apresentou suas contribuições sobre o sujeito histórico-dialético e o método de investigação regressivo-progressivo em *Crítica da razão dialética*. Pelo árduo trabalho desenvolvido por Sartre ao longo de sua trajetória, vemos que

> [...] foi e continua sendo possível estabelecer uma psicologia corretamente científica: onde se respeite a realidade factual da consciência em sua autonomia e, ao mesmo tempo, a realidade do mundo objetivo, em sua materialidade: sem dissolver um no outro, vale repetir. Então, a Personalidade e toda a corte dos fenômenos psicológicos vão para o seu lugar devido, de ontologicamente segundos, evidenciando-se como tecidos de relações, com todas as implicações próprias de um processo de mediações dialéticas. (Bertolino, 1995, p. 15).

Se de primeiro momento nos pareceu que o existencialismo não correspondia às exigências de uma Psicologia científica, agora podemos perceber que, na verdade, a concepção primeira feita acerca do que seria essa Psicologia científica deixou de ser suficiente diante das contribuições que o existencialismo trouxe para o avanço da Psicologia, e que "a Psicologia já alcançou seu 'status' de ciência há decênios, nas realizações teóricas e práticas de Jean-Paul Sartre (Bertolino, 1995, p. 16).

Como mencionamos, a empreitada de Sartre em contribuir com o avanço da Psicologia levou o autor à elaboração de uma nova possibilidade de método investigativo apto a auxiliar o trabalho do psicólogo existencialista sartriano. Por meio de *O Ser e o Nada* (1943), Sartre desenvolve a ideia de uma nova possibilidade de método investigativo a ser aplicado à realidade humana, que se denomina Psicanálise Existencial. No entanto, é na *Questão de Método*, de 1957, incluída em 1960 em sua segunda grande obra, *Crítica da Razão Dialética*, conforme apresentamos, que Sartre deixa inteligível o método capaz de abarcar questões presentes na constituição e existência do sujeito, considerando seus pontos de intersecção com a história e com a sociedade de sua época. Vale ressaltar que, embora tenham ocorrido em dois momentos distintos, os métodos investigativos apresentados por Sartre não se excluem, pelo contrário, eles se complementam.

Vale ressaltar que não abordamos aqui, de modo separado, o método fenomenológico de investigação proposto por Husserl, pois ainda que Sartre tenha se inspirado no mesmo para desenvolver suas metodologias para se investigar o ser-para-si (Psicanálise existencial e Método progressivo-regressivo), não reproduziu tal método como apresentado por Husserl. Segundo Souza (2020), Sartre, ao longo de sua trajetória existencial, adota do método fenomenológico o **conceito de fenômeno**. Ele defende que o fenômeno (aparição) se revela tal qual é, sem que nada haja por trás de sua aparência, considerando que esta não esconde a essência do fenômeno. Igualmente, adota a noção husserliana de que toda consciência é consciência de algo, seja concreto ou abstrato – conforme apresentado anteriormente –, e de que a mesma se encontra vazia de qualquer conteúdo, pois tudo aquilo do qual tem consciência está presente no mundo. Sendo assim, é possível afirmarmos que essas apropriações feitas por Sartre perpassam sua filosofia, figurando nos métodos por ele propostos.

Sartre (1943/2015) propõe que se considere, com as investigações, compreender o sujeito singular que está inserido em um meio social; seu movimento no mundo; a classe social a qual pertence; o meio de produção dominante; sua relação com o contexto histórico; sua relação com o ambiente ao qual pertence; sua relação em meio a outros sujeitos singulares. Assim, se fará possível uma melhor compreensão, segundo Schneider (2011), da "escolha fundamental que o sujeito faz de si mesmo, a qual se revela em todos os seus atos, pensamentos, sentimentos, concretizando-se no chamado 'projeto de ser'" (p. 20).

Para tal, Sartre (1960/2002) nos apresenta o método investigativo denominado progressivo-regressivo que, em sua aplicação, busca partir "de situações singulares para compreender o universal e de situações universais para compreender o singular" (Schneider, 2011, p. 21). É um método que utiliza o movimento de vai e vem, considerando que para se compreender determinada maneira de a pessoa experienciar os acontecimentos atuais e agir diante deles, é necessário regredir ao passado para identificar em que época e contexto ocorreu o "nascimento" dessa "maneira de ser", esta que se torna, progressivamente, inteligível quando perseguimos suas ações diante das situações e conseguimos desvelar a unidade sintética significada como o Eu do sujeito, ou seja, seu projeto de ser que, ao persegui-lo, constrói o modelo pelo qual escolheu se edificar.

Faz-se necessário conhecermos e compreendermos a Psicologia de base existencialista sartriana para podermos, a partir desse entendimento, analisarmos as possíveis contribuições da relação entre essa Psicologia e a Literatura. Iniciemos, então, pela Psicanálise Existencial – capítulo de *O Ser e o Nada* que deixou pistas para uma reformulação da Psicologia e foram aproveitadas por pessoas psicólogas na construção de uma psicologia existencialista.

2.1 A Psicanálise Existencial

Para tratar daquilo que chamou de Psicanálise Existencial, Sartre (1943/2015) parte de uma crítica direcionada ao movimento da psicologia empírica. Esta última trata-se de uma psicologia em que, via de regra, a pessoa é definida por seus desejos e os fenômenos são explicados por meio de princípios racionais. Para o autor, a psicologia empírica atua de forma um tanto generalizada, visto que ao se voltar para explicar a relação causa--efeito, esquece-se do conteúdo individual presente em cada ação de cada sujeito. Assim, cabe ao existencialismo descartar tal viés empírico, visto que ao considerarmos o sujeito em sua totalidade, consideramos que ele se expressa integralmente em cada uma de suas condutas; e cada uma delas expressa uma significação singular que a transcende. É olhar para o sujeito e enxergar para além do que ele faz/como faz, mas as circunstâncias nas quais ele escolhe fazer o que faz/como faz ao invés de fazer outra coisa/ de outro modo. Cada ação de uma pessoa transcende ela mesma, exprimindo uma escolha original de si mesmo em uma totalidade; a forma com que eu me relaciono com meus pais significa, ao seu modo, a forma com que eu me relaciono com o mundo.

> Portanto, é sobretudo por uma comparação entre as diversas tendências empíricas de um sujeito que iremos tentar descobrir e destacar o projeto fundamental comum a todas – e não por uma simples soma ou recomposição dessas tendências:

em cada uma delas acha-se a pessoa na sua inteireza. (Sartre, 1943/2015, p. 690).

Espontaneamente, cada pessoa lida com uma infinidade de projetos distintos e possíveis ao longo de sua existência. Dos mais simples aos mais complexos, a totalidade desses projetos revela-nos aquilo que Sartre (1943/2015) chamou de **projeto fundamental** – também chamado **projeto de ser** ou **projeto original**. Para termos conhecimento sobre o projeto fundamental, é preciso que consideremos as familiaridades entre esses projetos mais amplos e investiguemos "até que o fim projetado apareça como o *próprio ser* do sujeito considerado" (Sartre, 1943/2015, p. 691, grifos do autor), ou seja, até o fundamento primeiro da constituição do ser. Investigar o projeto fundamental enquanto fundamento da pessoa é uma questão central para a Psicanálise existencial.

Retomemos, aqui, que o Para-si (a consciência) é o que não é. Sendo falta de ser, falta ao Para-si aquilo que ele não é, isto é, o Em-si.

> O Para-si surge como nadificação do Em-si, e tal nadificação se define como projeto rumo ao Em-si: entre o Em-si nadificado e o Em-si projetado, o Para-si é nada. Assim, o objetivo e o fim da nadificação que eu sou é o *Em-si*. Logo, a realidade humana é desejo de ser Em-si. (Sartre, 1943/2015, p. 692, grifos do autor).

O Para-si, que é o que não é, projeta ser um Em-si, ou seja, um ser que é o que é em sua infinitude e enquanto totalidade, um ser que seja seu próprio fundamento, que anuncie o ser que é; projeta possíveis que possam o converter em um Em-si-Para-si ideal (Sartre, 1943/2015).

Todo desejo do ser humano constitui a invenção dos fins elegidos a serem perseguidos. Sobre os desejos, Sartre (1943/2015) nos diz:

> No desejo empírico, posso discernir uma simbolização de um desejo fundamental e concreto que é a *pessoa* e que representa a maneira como esta decidiu que o ser estará em questão em seu ser; e esse desejo fundamental, por sua vez, exprime concretamente e no mundo na situação singular que envolve a pessoa, uma estrutura abstrata e significante que é o desejo de ser em geral e deve ser considerada como a *realidade humana na pessoa*, como aquilo que constitui sua comunhão com o Outro, como aquilo que permite afirmar que há uma verdade do homem e não somente individualidades incomparáveis. A concretude absoluta, e a completeza, a existência como totali-

> dade, pertencem, portanto, ao desejo livre e fundamental, ou *pessoa*. O desejo empírico não passa de uma simbolização do mesmo: a ele remete e dele extrai seu sentido, mantendo-se parcial e redutível, pois é o desejo que não pode ser concebido *de per si*. Por outro lado, o desejo de ser, em sua pureza abstrata, é a *verdade* do desejo concreto fundamental, mas não existe a título de realidade. Assim, o projeto fundamental, ou pessoa, ou livre realização da verdade humana encontra-se por toda parte, em todos os desejos... jamais é captado a não ser através dos desejos. (p. 694, grifos do autor).

Para se alcançar o projeto fundamental do Para-si é preciso que as investigações psicológicas não apenas descrevam e nomeiem os desejos da realidade humana, mas saibam interrogá-los e decifrá-los. Para tanto, é necessária a aplicação de um método específico, método este que Sartre (1943/2015) denominou **Psicanálise Existencial.**

De início, a Psicanálise Existencial, segundo Sartre (1943/2015), busca considerar o ser humano enquanto uma totalidade em construção perpétua, onde cada uma de suas condutas, até mesmo aquelas aparentemente mais banais, revelam em si esta totalidade. Diante disso, objetiva decifrar os comportamentos empíricos do ser humano por meio dessa revelação da totalidade advinda de suas condutas. Parte da experiência e, por uma hermenêutica da ação, busca elucidar a verdade fundamental que se revela em cada manifestação. Para tanto, utiliza de um método comparativo para compreender a verdade única que cada uma das diferentes condutas da pessoa revela, à sua maneira, acerca da escolha fundamental.

Há, na Psicanálise existencial, um embasamento na própria Psicanálise freudiana, à medida que

> Tanto uma como outra consideram todas as manifestações objetivamente discerníveis da "vida psíquica" como sustentando relações de simbolização a símbolo com as estruturas fundamentais e globais que constituem propriamente a *pessoa*. Tanto uma como outra consideram a inexistência de dados primordiais – inclinações hereditárias, caráter etc... Ambas as psicanálises consideram o ser humano como uma historiarização perpétua e procuram descobrir, mais do que dados estáticos e constantes, o sentido, a orientação e os avatares desta história. Por isso, ambas consideram o homem no mundo e não aceitam a possibilidade de questionar aquilo que um homem é sem levar em conta, antes de tudo, sua situação. (Sartre, 1943/2015, p. 696-697, grifos do autor).

Vemos que ambas as abordagens desconsideram dados primordiais, a Psicanálise existencial não considera alguma essência que preceda a existência e a Psicanálise empírica considera que o primordial do ser humano, como a libido, por exemplo, será moldado por sua história. Consideram, também, a historiarização e a situação em que a Psicanálise empírica, por exemplo, resgata a história da pessoa por meio de diferentes ferramentas de investigação, desde seu nascimento em busca de um acontecimento específico de sua infância, que se estendeu por sua vida, influenciando diretamente sua estrutura psíquica. Continuemos com outras similaridades:

> A psicanálise empírica procura determinar o complexo, cuja própria designação indica a polivalência de todas as significações conexas. A psicanálise existencial trata de determinar a escolha original. Essa escolha, produzindo-se frente ao mundo e sendo escolha da posição no mundo, é totalitária como o complexo; é ela que escolhe a atitude da pessoa com relação à lógica e aos princípios. (Sartre, 1943/2015, p. 697).

Além dessas semelhanças, os dois vieses consideram que a pessoa, por si só, não está em condições para realizar essas investigações acerca de si mesmo e, para tanto, aplicam um método estritamente objetivo para realizá-la. Vejamos, agora, a posição que cada uma dessas psicanálises toma diante do que a Psicanálise freudiana chamou de inconsciente:

> [...] a psicanálise empírica parte do postulado da existência de um psiquismo inconsciente que, por princípio, furta-se à intuição do sujeito. A psicanálise existencial rejeita o postulado do inconsciente: o fato psíquico, para ela, é coextensivo à consciência. Mas, se o projeto fundamental é plenamente *vivido* pelo sujeito e, como tal, totalmente consciente, isso não significa em absoluto que deva ser ao mesmo tempo *conhecido* por ele, mas muito pelo contrário. (Sartre, 1943/2015, p. 698, grifos do autor).

Para melhor compreendermos a passagem citada é preciso pontuarmos que, para o existencialismo, **consciência** e **conhecimento** são coisas que diferem entre si, apesar de existirem concomitantemente, como apresentamos anteriormente.

Agora que já conferimos as familiaridades presentes entre a psicanálise empírica e a psicanálise existencial, vejamos, também, em que ponto elas se diferenciam:

> [...] elas diferem na medida em que a psicanálise empírica determinou seu próprio irredutível, em vez de deixá-lo revelar-se por si mesmo em uma intuição evidente. A libido ou a vontade de poder constituem, de fato, um resíduo psicobiológico que não é evidente por si mesmo e não nos surge como *devendo ser* o termo irredutível da investigação. Em última instância, a experiência estabelece que o fundamento do complexo é esta libido ou esta vontade de poder, e tais resultados da investigação empírica são completamente contingentes e não chegam a convencer... Ao contrário, a escolha à qual irá remontar-se a psicanálise existencial, precisamente por ser escolha, denuncia sua contingência originária, já que a contingência da escolha é o inverso de sua liberdade. Além disso, na medida em que se fundamenta sobre a *falta de ser*, concebida como caráter fundamental do ser, tal escolha recebe legitimação *como escolha*, e sabemos que não precisamos ir mais longe. Cada resultado, portanto, será plenamente contingente e, ao mesmo tempo, legitimamente irredutível. Mais ainda: permanecerá sendo sempre *singular*. (Sartre, 1943/2015, p. 699, grifos do autor).

Ao alcançarmos a escolha, estaremos diante de uma concretude absoluta e como para o existencialismo existir e escolher-se são o mesmo, essa escolha alcançada é o próprio ser. Deste modo, a psicanálise existencial descarta a libido e a vontade de poder enquanto fundamentos para investigação; assim como descarta qualquer ação mecânica que o meio possa ter sobre a pessoa, visto que o meio somente age sobre a pessoa quando esta age sobre ele; renuncia, também, quaisquer simbolizações genéricas – como dizer, conforme exemplo colocado por Sartre, que fezes simboliza ouro, visto que cada pessoa, em sua totalidade, conta com seu próprio conjunto de significantes, conjunto esse que não se mantém inalterável ao passarmos de uma pessoa para outra. Além disso, tal como as escolhas são passíveis de mudanças, as significações simbólicas também o são (Sartre, 1943/2015).

> Assim, a psicanálise existencial deverá ser inteiramente flexível e adaptável às menores mudanças observáveis no sujeito: trata-se de compreender aqui o *individual* e, muitas vezes, até mesmo o instantâneo. O método que serviu a um sujeito, por essa razão, não poderá ser empregado em outro sujeito ou no mesmo sujeito em uma época posterior. (Sartre, 1943/2015, p. 701, grifos do autor).

Ainda que tenha partido de uma psicanálise empírica, a psicanálise existencial surge justamente distanciando-se dela e apresentando-se como uma alternativa com um método que preza pela subjetividade de cada pessoa; compreendendo a pessoa como singular e seu movimento no mundo; buscando averiguar as escolhas feitas que anunciam quem ela é enquanto sujeito de sua história; parte da vivência para compreender a ela mesma; a pessoa possui papel ativo nas investigações realizadas; considera todas as condutas e todos os atos da pessoa, pois são neles que a escolha de ser se manifesta (Sartre, 1943/2015).

Veremos, agora, outro método proposto por Sartre (1960/2002) para compreender o sujeito, diante das competências e das limitações que o filósofo observou na filosofia marxista: o método progressivo-regressivo. Por meio deste, o autor defende a necessidade de resgatar o sujeito histórico-dialético (objetivo/subjetivo e singular/universal) em sua práxis cotidiana, cuja subjetividade, segundo Sartre, foi negligenciada pelos filósofos marxistas, como mencionado.

2.2 O Método Progressivo-Regressivo

Nascida do movimento social, estando em constante movimento e buscando servir como método de investigação e explicação, é como Sartre (1960/2002) caracteriza a filosofia em seus escritos sobre o método em *Crítica da Razão Dialética*. A filosofia é um conjunto de ideias que ora se mantêm, ora são superadas ou mesmo acrescidas por outras ideias – é a totalização do saber. Isso porque a filosofia é prática e fruto da práxis, assim está suscetível às influências da contemporaneidade à medida que essa a utiliza, amparando, por vezes, os ideais da classe que a sustenta.

Acompanhando as superações da sociedade que as sustentam, Sartre (1960/2002) afirma que as épocas de criação de novas filosofias são raras, pontuando três célebres momentos entre os séculos XVII e XX: o de Descarte e Locke; o de Kant e Hegel; e o de Marx. Cada filosofia, em seus respectivos momentos, é insuperável enquanto a historicidade que a formulou não é superada e, para o autor, a filosofia insuperável do momento em que escrevia a *Crítica da Razão Dialética* é o marxismo. Ser insuperável, ao menos em determinado momento, não significa dizer que essa filosofia será livre de falhas ou de todo ideal. Assim, não se deve romantizar, por exemplo, o marxismo, como se ele não fosse passível de críticas ou uma filosofia ideal.

A LITERATURA PARA SITUAÇÕES: UM RECURSO PARA A PSICOLOGIA EXISTENCIALISTA

Quanto ao existencialismo, Sartre (1960/2002) opta por considerá-lo uma ideologia e não propriamente uma filosofia. Isso por tomá-lo enquanto um pensamento – que, sem dúvidas, carregava sua autonomia – que também dialoga com um saber maior, o marxismo. E, em sua relação com a filosofia marxista, o existencialismo ora se opôs e ora tentou integrar-se a ele, acompanhando as próprias superações de seu curso. Encontravam-se no marxismo considerações e apontamentos que conquistaram pessoas pensadoras como Sartre: a ideia de classes dirigentes e classe explorada, por exemplo. No entanto, tal filosofia, que existia nos limites dos ideais dominantes de seu tempo, dificultava que suas pessoas leitoras, como relata Sartre, compreendessem outras questões que emergiram nessa realidade como, por exemplo, a totalização dialética. Em meio a este movimento, o viés existencialista não ficou meramente às sombras do marxismo, mantendo sua autonomia: "estávamos convencidos *ao mesmo tempo* de que o materialismo histórico fornecia a única interpretação válida da História e de que o existencialismo permanecia a única abordagem concreta da realidade" (Sartre, 1960/2002, p. 30, grifos do autor).

Uma das críticas levantadas por Sartre (1960/2002) em relação ao marxismo é o fato de que tal filosofia, ainda que tenha contribuído fortemente para o desenvolvimento dos saberes filosóficos, havia estagnado, perdendo o caráter de estar em movimento que cabe a qualquer filosofia, deixando de ser suporte suficiente às discussões contemporâneas. Uma das razões que levaram o marxismo a essa insuficiência veio do fato de sua filosofia ter sofrido uma cisão, em que prática e teoria se desvincularam. O que podemos considerar um erro, visto que, como bem aponta Sartre (1960/2002), o "pensamento concreto deve nascer da *práxis* e voltar-se sobre ela para iluminá-la: não ao acaso e sem regras, mas – como em todas as ciências e técnicas – em conformidade com princípios" (p. 31). Trata-se, portanto, de um movimento de vai e vem dialético, em que teoria e prática caminham de modo articulado.

Quanto ao seu caráter investigativo, um movimento heurístico era atribuído ao marxismo – onde se busca a investigação dos fatos. No entanto, o que ocorria, de acordo com Sartre (1960/2002), era que as pessoas marxistas se fixavam em um saber passado – já estabelecido – a respeito de determinado fato, cristalizando-o como saber eterno. Além de desconsiderarem que cada fato é parte de um todo e, como todos os fatos estão ligados entre si, qualquer alteração em um deles levará a uma alteração em todo o conjunto; ou seja, era preciso considerar as particularidades de cada uma das partes para se entender o todo, mas o que faziam eram desconsiderá-las, deixando de adquirir novos conhecimentos que resultavam das transformações dos fatos particulares. Estagnado, o marxismo, que já não buscava aderir a novos conhecimentos, passou a considerar o humano na ideia, como se possuísse, *a priori*, um saber absoluto sobre ele. Enquanto o existencialismo visava resgatar a pessoa concreta, compreendendo os aspectos históricos, sociais e dialéticos que constitui seu ser.

> [...] existencialismo e marxismo visam o mesmo objeto, mas o segundo reabsorveu o homem na idéia [sic], enquanto o primeiro o procura por toda parte *onde ele está*, em seu trabalho, em sua casa, na rua. Com toda certeza, não pretendemos... que esse homem real seja incognoscível. Dizemos apenas que ele não é conhecido. (Sartre, 1960/2002, p. 35, grifos do autor).

Ainda que não tenha atingido toda sua potencialidade em seu percurso ao buscar abordar o processo histórico em sua totalidade, Sartre (1960/2002) aponta o marxismo como a filosofia insuperável de nosso tempo. Insuperável, pois foi concebido em uma historicidade ainda não superada e, assim, todas as considerações que hoje arquitetamos se relacionam, de um modo ou de outro, com essa filosofia. O existencialismo assemelha-se ao marxismo ao partir das experiências em busca de sínteses concretas; considerando cada experiência como uma totalização que se totaliza e retotaliza constante e dialeticamente – que seria a História. Deste modo, ao buscar a verdade, fatos particulares devem ser considerados juntamente à totalidade que o comporta, acompanhando o andamento incessante desta totalidade; considerando o modo com que os fatos presentes neste conjunto se relacionam entre si e se relacionam com o todo.

Ao assumirmos a realidade enquanto um conjunto composto por fatores particulares que se relacionam entre si e com o todo, é possível afirmarmos, por exemplo, que no meio econômico em que vivemos hoje, os modos de produção adotados acabam por condicionar, à sua maneira, as demais instâncias desta realidade. Do mesmo modo, não devemos nos esquecer que essas demais instâncias (social, política, intelectual) também atuam de modo a condicionar esse meio econômico com o qual se relacionam. Tal condicionamento acontece por meio de um movimento dialético, em que, em sua constante totalização, encontra-se o resultado de uma contraposição de fatos (Sartre, 1960/2002).

De que modo, então, é possível que as ciências (como a Psicologia) e as filosofias, que se voltam para o sujeito como objeto de investigação, possam resgatá-lo dessa totalidade histórico-dialética? É o que Sartre (1960/2002) buscou responder ao apresentar o emprego do método progressivo-regressivo na investigação do sujeito histórico, social e dialético.

Resgatemos que, para a filosofia existencialista sartriana, o sujeito é fruto da relação estabelecida entre a pessoa (Para-si) e seu meio (Em-si). Este meio se constitui de uma materialidade encontrada pela pessoa desde que essa é lançada no mundo, bem como aquela que ajudou e ajudará a construir. Além de carregar consigo sua singularidade, que constrói subjetivamente por meio das escolhas que faz em sua existência, ela carrega a história da humanidade que a antecedeu – sendo, assim, a concepção de humano(a) para Sartre como uma pessoa singular universal, como mencionado. O campo da materialidade, enquanto dimensão socializada, compõe o campo inerte dessa historicidade universal. É inserida em um campo material que a pessoa dispõe das condições que a favorecerão ou não na conquista de seus projetos.

Destarte, é preciso compreender que a perspectiva existencialista sartriana não considera a pessoa como um ser determinado por essas condições, de maneira a não conseguir modificá-las. A pessoa é tanto produtora quanto produto dessas condições, como mencionado; ela pode escolher modificá-las ou mantê-las, conforme as possibilidades que apontam as condições em que se inserem. A impossibilidade de a História determinar como a pessoa deve edificar sua vida, sem que tenha autonomia, é o foco da discussão de Sartre (1960/2002) com os marxistas, considerando que, para este autor, mesmo que o campo da materialidade exija que as pessoas lidem com ela conforme a finalidade para a qual foi produzida, primeiro, esse campo é composto por seres-Em-si e, como tal, esgotam-se em seu próprio existir; segundo, a pessoa continua exercendo sua liberdade de escolha na relação com o campo prático-inerte. No entanto, "essas condições existem e são elas, e somente elas, que podem fornecer uma direção e uma realidade material às mudanças que se preparam" (Sartre, 1960/2002, p. 74).

O sujeito, assim, se caracteriza, para o existencialismo, "pela superação de uma situação, por aquilo que consegue fazer do que foi feito dele" (Sartre, 1960/2002, p. 77). Quando, em meio a situações que o condicionam, projeta um possível que desvelará sua condição presente para que assim ele possa agir sobre ela de modo a superá-la rumo a esse possível. Trata-se do projeto de ser. Deste modo, conforme produz o meio ao qual pertence (agindo sobre ele, transcendendo a um possível – aquilo que falta, seja para atender a uma necessidade de sobrevivência ou por interesse), a pessoa produz a si mesma enquanto sujeito em curso (pois o meio também age sobre ele). Para que haja superação é preciso que exista um possível; e como a pessoa caracteriza-se por seu movimento em superar situações objetivas, podemos afirmar que falar sobre o que a pessoa é (segundo o que construiu no seu passado), é necessário que também consideremos o que ela não é, ou seja, o que pode vir-a-ser.

Conseguimos perceber, então, o quanto este campo dos possíveis projetado pela pessoa está atrelado à "realidade social e histórica" (Sartre, 1960/2002, p. 78) à qual ela pertence; e como, por coexistirem em uma mesma totalidade, a alteração de uma dessas partes acarretará na alteração da outra e, consequentemente, do todo no qual se inserem. Conforme age sobre essa situação, ao buscar o possível elegido e produzi-lo, essa pessoa agente se objetiva nesse meio, portanto, na história. Desvelada por um futuro de possíveis é que a pessoa toma consciência de sua situação presente para que assim, subjetivamente, possa escolher como agir.

> Assim, o subjetivo retém em si o objetivo que ele nega e supera em direção a uma nova objetividade; e essa nova objetividade, em sua qualidade de *objetivação*, exterioriza a interioridade do projeto como subjetividade objetivada. O que quer dizer, *a uma só vez*, que o vivido como tal encontra seu lugar no resultado e que o sentido projetado da ação aparece na realidade do mundo para tomar sua verdade no processo de totalização. (Sartre, 1960/2002, p. 81, grifos do autor).

Por essa razão, é fundamental compreender dialeticamente a pessoa em meio ao movimento de totalização em que ela se encontra, isto é, o que fez e pretende fazer com as condições – com seus pares; com suas condições sociais, culturais, históricas e econômicas; com seu passado singular; ou seja, na relação que esse ser subjetivo mantém com a objetividade que o cerca (Sartre, 1960/2002).

Em vista disso, Sartre (1960/2002) aponta – como alternativa às investigações que eram realizadas pela maioria dos marxistas –, o método progressivo-regressivo como adequado para que se contemple a pessoa em sua totalidade. Trata-se de um método heurístico, inspirado no método regressivo-progressivo de um marxista – Henry Lefebvre –, que visa a descoberta de fatos e que atua, ao mesmo tempo, de modo progressivo e regressivo. Ele busca contextualizar a pessoa em sua realidade, abordar "as estruturas da sociedade contemporânea, seus conflitos, suas contradições profundas, e o movimento de conjunto que estas determinam" (p. 103) e posiciona a situação presente relativizando-a com o objeto a ser investigado (a pessoa, uma relação intersubjetiva, um coletivo ou um grupo) que são condicionados – como mostramos – pelas respectivas condições de suas situações, ao passo em que estas as condicionam. Tal investigação se dá por um movimento de vai e vem, em que a(s) pessoa(s) investigada(s) nos remeterá(ão) às condições que a(s) constituíram e onde tais condições nos remeterão a ela(s).

Entende-se, então, que a busca pela compreensão de um fenômeno investigado, por meio do método aqui apresentado: (a) pede que partamos do momento atual em que se situa o fenômeno (**movimento progressivo**); (b) em direção ao seu passado originário (**movimento regressivo**), para a realização de uma análise regressiva acerca dessas condições originárias, a fim de melhor compreender as conjunturas que corroboraram para a sua constituição; (c) para que, tendo resgatado tanto quanto possível essa historicidade, reencontre o momento atual – o fenômeno investigado – (**movimento analítico-sintético**), trazendo maiores aportes para que se realize uma síntese progressiva desses momentos que, agora, se envolvem reciprocamente (Sartre, 1960/2002).

Tendo caráter regressivo, entende-se que "nada pode ser descoberto se, antes de tudo, não chegarmos tão longe quanto nos for possível na singularidade histórica do objeto" (Sartre, 1960/2002, p. 107). O momento regressivo concerne em resgatar, como temos apresentado, a pessoa concreta, histórica e dialética, singular e universal, na totalidade em curso de sua existência. "Trata-se de reencontrar o movimento de enriquecimento totalizador que engendra cada momento a partir do momento anterior, o impulso que parte das obscuridades vividas para chegar à objetivação final" (p. 111). Trata-se de resgatar o projeto singular da pessoa, bem como de um grupo - como menciona Freitas (2018) - sem esquecer que, conforme apresentamos anteriormente, o "projeto corre o risco de ser desviado" (Sartre, 1960/2002, p. 112), fazendo com que o possível elegido pela pessoa, ou por um grupo, se desvincule, respectivamente, de sua escolha original ou comum; o campo dos possíveis que se apresentaram a ela(s) diante da situação na qual se encontrava(m); seus possíveis desvios; suas superações; suas ações; e quem ela(s) vêm se tornando ao escolher(em)-se e inventar(em)-se por meio de sua subjetividade em meio a suas condições concretas.

> Assim, o retorno à biografia mostra-nos os hiatos, as fissuras e os acidentes ao mesmo tempo que confirma a hipótese (do projeto original), revelando a curva da vida e sua continuidade.

> Definiremos o método de abordagem existencialista como um método regressivo-progressivo e analítico-sintético; é, ao mesmo tempo, um vaivém enriquecedor entre o objeto (que contém toda a época como significações hierarquizadas) e a época (que contém o objeto em sua totalização); com efeito, quando o objeto é *reencontrado* em sua profundidade e singularidade, em vez de permanecer exterior à totalização... entra imediatamente em contradição com ela; em poucas palavras, a simples justaposição inerte da época e do objeto dá lugar bruscamente a um conflito vivo. (Sartre, 1960/2002, p. 112-113, grifo do autor).

O caminho percorrido até aqui conduziu-nos a uma maior compreensão no que se refere às contribuições da filosofia existencial de Sartre para a Psicologia que busca melhor compreender a existência humana. Por meio do resgate de algumas de suas principais obras de diferentes épocas, foi possível perceber um enriquecimento da fluida filosofia sartriana, que, tal como deve caracterizar-se uma filosofia, manteve-se em constante movimento, sem deixar de ser uma totalidade; acompanhando o curso da realidade na qual se construía; integrando-se da contribuição de pensadores e de teorias que se mostravam adequadas; e questionando e reformulando as limitações com as quais se deparava.

Seguiremos, agora, com as contribuições apresentadas por Sartre acerca da literatura para, em seguida, traçarmos as contribuições que a literatura pode apresentar aos saberes e fazeres da Psicologia existencialista de base sartriana que aqui elucidamos.

3

ERA UMA VEZ A LITERATURA

Tal é, pois, a "verdadeira" e "pura" literatura: uma subjetividade que se entrega sob a aparência de objetividade, um discurso tão curiosamente engendrado que equivale ao silêncio; um pensamento que se contesta a si mesmo, uma Razão que é apenas a máscara da loucura, um Eterno que dá a entender que é apenas um momento de história, um momento histórico que, pelos aspectos ocultos que revela, remete de súbito ao homem eterno; um perpétuo ensinamento, mas que se dá contra a vontade expressa daqueles que ensinam.

Sartre (1947)

Cabe resgatar, antes de partirmos para as contribuições sartrianas acerca da arte literária, que quando Sartre discorre sobre o que é literatura, faz isso ocupando a posição de pessoa leitora e de pessoa escritora literária. Como mencionado, além de seus muitos escritos filosóficos, Sartre tornou-se conhecido e renomado por suas obras literárias. Com grande peso nesse meio, em 1964 teve seu trabalho prestigiado com o Prêmio Nobel de Literatura, o qual recusou em detrimento da liberdade de sua literatura[16]. No entanto, não participar da celebração de recebimento do Nobel – ele não participou – não acarreta desclassificação. Sendo assim, o nome de Sartre figura como vencedor da categoria em 1964 (Bakewell, 2017).

> Em 1964, Sartre recusou o prêmio Nobel de Literatura, dizendo que não queria comprometer sua independência e que lamentava a tendência do comitê a conceder o prêmio somente a escritores ocidentais ou a refugiados anticomunistas, em vez de premiar escritores revolucionários do Terceiro Mundo. (Bakewell, 2017, p. 270).

Falar sobre literatura, segundo a concepção de Sartre, é falar sobre uma literatura que se justifica por sua função social e, para isso, é cabível nos debruçarmos sobre seu ensaio *Que é a Literatura?* (1947/2015).

---

[16] Para mais informações, acesse: https://homoliteratus.com/carta-de-jean-paul-sartre-recusando-o-premio--nobel-de-literatura/?cn-reloaded=1

> Sartre escreveu uma série de ensaios sustentando que os escritores tinham o dever de ser engajados e ativistas; os textos saíram nos números de um periódico em 1947 e depois, em 1948, foram reunidos num volume, *Que é a Literatura?* **Os autores tinham poder real no mundo, afirmava ele, e deviam fazer jus a seu papel.** Sartre conclamava por uma *littérature engagée* – **uma literatura politicamente engajada.** (Bakewell, 2017, p. 163, grifos nossos).

Publicado, inicialmente, pelas páginas da revista *Les Temps Modernes*, em 1947, o ensaio pretendeu responder às críticas direcionadas ao que Sartre chamava de **engajamento literário**.

> O fato é que se lê mal, afoitamente, e se julga antes de compreender. Portanto, recomecemos. Isso não diverte ninguém, nem a você nem a mim. Mas é preciso ir até o fim. Já que os críticos me condenam em nome da literatura, sem nunca explicitarem o que entendem por literatura, a melhor resposta que lhes posso dar é examinar a arte de escrever, sem preconceitos. Que é escrever? Por que escrever? Para quem se escreve? Aliás, parece que ninguém jamais levantou essas questões. (Sartre, 1947/2015, p. 5).

Vejamos, então, o que Sartre responde às questões por ele levantadas.

3.1 Que é Escrever? Escrever, desvelar e transformar a realidade

Sendo a literatura uma forma de arte, há quem pense que sua função se assemelhe a de outras expressões artísticas, tais como a pintura ou a música. Em seu capítulo intitulado *Que é escrever?*, que dá início à discussão de Sartre (1947/2015) em torno da literatura engajada, acompanhamos o autor traçando as diferenças entre o propósito da literatura e o propósito de outras produções artísticas.

Peguemos, como exemplo inicial, o meio por qual cada arte se expressa. Da pintura, exigem cores e tonalidades, traços e formas, luz e sombra, e tudo o mais que possa ser explorado pela pessoa pintora e que enriqueça a experiência visual. O que esperar da música? A harmonia dos sons, os acordes entre as notas cuidadosamente escolhidas, a melodia alternada entre o fluxo e a pausa, e tantas coisas mais. Expressões artísticas compostas por cores e sons, e que, convencionalmente, recebem o valor de signos, mas de forma abstrata, visto que tratam de elementos que existem por si mesmos. Abstratos, pois, quando buscamos signos em objetos retratados artisticamente, olhamos para além daquilo que de fato o objeto é em seu grau máximo. Vejamos um exemplo trazido por Sartre (1947/2015, p. 16): "se as rosas brancas para mim significam 'fidelidade', é que deixei de vê-las como rosas: meu olhar a atravessa para mirar, além delas, essa virtude abstrata; eu as esqueço".

Nesta assertiva, Sartre (1947/2015) não descarta a potencialidade de criações artísticas não literárias, ou não engajadas, refletirem as tendências da respectiva pessoa que a criou. Aliás, há um móbil para a escolha de cada cor, forma, textura e outras mais. O que o autor nos coloca é que essas artes não exprimem esses móbeis diretamente por tais tendências, tal qual fazem as palavras. Pelo uso das palavras, a pessoa escritora pode conduzir a pessoa leitora pelo caminho que escolheu retratar, pode expressar de forma mais direta aquilo que realmente quer dizer. Já a pintura é muda e nela vemos aquilo que queremos ver. Cada qual à sua maneira; considerando que os elementos propostos, são coisas e não signos, eles não nos comunicam algo da mesma forma com que fazem as palavras, assim "lemos" na pintura aquilo que queremos e essa nossa interpretação pode ou não se aproximar daquilo que a pessoa pintora buscou retratar. "Todos os pensamentos, todos os sentimentos estão ali, aglutinados sobre a tela, em indiferenciação; cabe a você escolher" (Sartre, 1947/2015, p. 18). Por isso não podemos exigir que tais artes também se engajem.

Por mais que falemos de um engajamento artístico por parte das palavras, Sartre (1947/2015) coloca que a poesia tampouco pode se engajar. Ainda que faça uso das palavras, não o faz tal qual a prosa[17]. Para a poesia, as palavras, igualmente as demais artes, são coisas e não signos. Muitas são as emoções, angústias e sentimentos que precedem a criação poética, mas que não se exprimem no resultado da obra, já que a pessoa poeta se utiliza de palavra-coisa, diferentemente da prosa. "O escritor é um falador, designa, demonstra, ordena, recusa, interpela, suplica, insulta, persuade, insinua. Se o faz no vazio, nem por isso se torna poeta: é um prosador que fala para não dizer nada" (Sartre, 1947/2015, p. 26). Quando a pessoa escritora escreve, ela fala e alcança o mundo por meio das palavras.

---

[17] Segundo as contribuições de Martins (1954, p. 93, grifos do autor), poesia e prosa se distinguem em suas finalidades enquanto arte: "a finalidade artística da poesia é... provocar o prazer poético. Não é essa... a finalidade artística da prosa nem a de qualquer outra arte. Assim sendo, é pelas intenções diferentes que nutrem que poesia e prosa se distinguem entre si". O autor ainda nos diz que "é em prosa que instintivamente os homens falam e... encontram a melhor maneira de dizer o que pensam ou o que sentem, que é a maneira mais simples, mais clara, mais diretamente acessível, ou... mais eficiente" (p. 81).

> O falante está em situação na linguagem, investido pelas palavras; são os prolongamentos de seus sentidos, suas pinças, suas antenas, seus óculos; ele as manipula a partir de dentro, sente-as como sente seu corpo, está rodeado por um corpo verbal do qual mal tem consciência e que estende sua ação sobre o mundo. (Sartre, 1947/2015, p. 20).

Por meio da prosa, as palavras designam objetos, indicam as coisas do mundo, transmitem ideias, informam a nós e as outras pessoas. As palavras encontradas em uma prosa não são meros objetos de contemplação, são instrumentos de comunicação. Sendo assim, como aponta Sartre, é legítimo que perguntemos à pessoa prosadora com qual finalidade ela escreve e o que ela quer comunicar, aliás - e resgatando uma citação que apresentamos anteriormente -,

> [...] falar é agir; uma coisa nomeada não é mais inteiramente a mesma, perdeu a sua inocência. Nomeando a conduta de um indivíduo, nós a revelamos a ele; ele se vê. E como ao mesmo tempo a nomeamos para todos os outros, no momento em que ele se vê, sabe que está sendo visto; seu gesto furtivo, que dele passava despercebido, passa a existir enormemente, a existir para todos, integra-se no espírito objetivo, assume dimensões novas, é recuperado. Depois disso, como se pode querer que ele continue agindo da mesma maneira? Ou irá perseverar em sua conduta por obstinação, e com conhecimento de causa, ou irá abandoná-la. Assim, ao falar, eu desvendo a situação por meu próprio projeto de mudá-la; desvendo-a a mim mesmo e aos outros, para mudá-la. (Sartre, 1947/2015, p. 28).

E percebendo que comunicar é desvendar e que desvendar é mudar, quais aspectos do mundo está a pessoa prosadora tencionada a mudar? Isso é compreendido pela pessoa escritora engajada que compreender, também, que não é possível escrever/desvendar de forma imparcial. Somos pessoas que se encontram constantemente em situação e, estando em situação, é impossível nos relacionarmos com o mundo sem alterá-lo de algum modo; até mesmo nosso olhar transforma aquilo que visamos. E, visto que pela escrita e pela leitura há um prolongamento dos sentidos das suas agentes, a escritora escreve aquilo que vê e a leitora vê aquilo que lê, mantendo-se, ambas, em situação com o mundo real. Por isso, ao entender que escolheu desvendar o mundo, a escritora deve se questionar: ""o que aconteceria se todo mundo lesse o que eu escrevo?"" (Sartre, 1947/2015, p. 29); estaria a pessoa escritora comunicando aquilo que a coletividade necessita? Estaria beneficiando determinado grupo ou determinada classe em detrimento de outras? De que forma está agindo no mundo ao desvendar aquilo que escolhe comunicar? Ao escrever, a pessoa escritora faz com que "ninguém possa ignorar o mundo e considerar-se inocente diante dele" (p. 30), ela engaja a si e as outras pessoas.

Há, ainda, a possibilidade de que a pessoa escritora se cale. Nesses casos, como bem aponta Sartre (1947/2015), não se trata de uma falante que emudeceu, mas sim de uma prosadora que escolheu se calar diante de algo. E escolher não dizer, diz muita coisa. Portanto, poderemos questioná-la: "por que você falou disso e não daquilo, e já que você fala para mudar, por que deseja mudar isso e não aquilo?" (p. 30). É preciso escolher sobre o que se quer escrever; é preciso saber qual mensagem se quer transmitir às suas pessoas leitoras; e toda mensagem transmitida pela pessoa escritora é uma subjetividade em forma de objetividade que será apreendida pela leitora; é uma subjetividade que se exterioriza.

> [...] uma vez que acreditamos que o escritor deve engajar-se inteiramente em suas obras, e não como uma passividade abjeta, colocando em primeiro plano seus vícios, suas desventuras e suas fraquezas, mas sim como uma vontade decidida, como uma escolha, com esse total empenho em viver que *constitui* cada um de nós - então convém retomar este problema desde o início e nos perguntarmos, por nossa vez, *por que* se escreve? (Sartre, 1947/2015, p. 37, grifos do autor).

Em suma, agora conseguimos perceber, segundo as contribuições de Sartre sobre "o que é escrever?", que **escrever é dizer; escrever é desvelar; escrever é transformar.**

3.2 Por que se escreve? A defesa da liberdade

Voltemo-nos, agora, para o capítulo em que Sartre explana sobre a questão: *por que escrever?* O autor logo nos coloca que "um dos principais motivos da criação artística é certamente a necessidade de nos sentirmos essenciais em relação ao mundo" (Sartre, 1947/2015, p. 39). Como apresentado anteriormente, ao considerarmos a realidade, consideramos uma realidade **desvendante**, em que o ser que nela se encontra "é o meio pelo qual as coisas se manifestam" (p. 39). Pela nossa consciência, desvendamos relações e produções com as quais nos deparamos ao longo de nossos atos e, por desvendarmos, sabemos que delas não somos as pessoas criadoras.

Visto dessa forma, não há razões para nos considerarmos essenciais para a existência de tais produções. Ainda que agora eu não veja o meio pelo qual você está realizando essa leitura, ele não deixa de existir e qualquer outra consciência pode despertá-lo.

Na arte, ao contrário, expõe Sartre (1947/2015), encontramos meios pelos quais nos sentimos essenciais, afinal, temos consciência de sermos pessoas produtoras. Diante de minha criação, tal qual a fiz, sou essencial. Mas, por não poder criar e desvendar, ao mesmo tempo, o produto criado passa a ser inessencial. Por que não desvendamos nossa própria criação? Porque o objeto criado não se impõe à pessoa que o criou como algo definitivo, apenas ao outro. Porque ele se apresenta à pessoa criadora ilustrado com traços dela mesma. Sua história, seu amor, sua alegria, são todas encontradas pela pessoa criadora em sua criação. A criação artística surpreende a outra pessoa, solicita que ela a desvende.

> Um pintor aprendiz perguntou a seu mestre: "Quando devo considerar concluído o meu quadro?" E o mestre respondeu: "Quando você puder olhá-lo com surpresa, dizendo: fui eu que fiz isso!" É o mesmo que dizer: nunca. Pois isso equivaleria a considerar a própria obra com olhos de outrem, e desvendar aquilo que se criou. (Sartre, 1947/2015, p. 39).

Admirada por quem a criou, coloca Sartre (1947/2015), a arte perde seu caráter objetivo e tudo nela soa subjetivo. Ora, todo o processo de criação foi pensado e executado segundo a subjetividade da pessoa criadora que, ao percebê-la, refaz mentalmente todo o processo de criação executado, vendo cada aspecto como resultado. Deste modo, ao perceber sua obra, o objeto criado passa a ser o essencial, enquanto a pessoa criadora se torna inessencial. Criamos para encontrar nossa essencialidade e temos um objeto inessencial. Percebemos nossa criação passando a ser inessencial, e temos um objeto essencial.

Uma dialética um tanto confusa, a princípio, mas bem ilustrada por Sartre (1947/2015) quando este autor toma como exemplo a arte da escrita. Vimos que a criação artística solicita que sua pessoa espectadora a desvende. Sendo a literatura uma criação artística, o mesmo ocorre. Para que o objeto literário surja, este precisa ser visto, ou melhor, lido. Sem leitura não há arte literária, "há apenas traços negros sobre o papel" (Sartre, 1947/2015, p. 40). À pessoa escritora não cabe ler sua própria obra, haja vista que, por criá-la, ela está impedida de desvendá-la. Tratando-se de literatura, ler, ou seja, desvendar, consiste em prever e esperar pelo que há de vir.

A LITERATURA PARA SITUAÇÕES: UM RECURSO PARA A PSICOLOGIA EXISTENCIALISTA

Apenas a pessoa leitora é quem pode tentar prever o que acontecerá com a jovem Esther após sua rápida ascensão com sua ida a uma renomada universidade para moças, em Nova York. Quando escrevia *A redoma de vidro*, Sylvia Plath (1963/2019) não podia desvendá-la, pois, como mencionado, ainda que não soubesse como decorreria todo o enredo da obra em um momento inicial, teve conhecimento conforme o elegia; e, lendo sua obra quando finalizada, não poderia mais se surpreender com ela. Destarte, nós, pessoas leitoras da obra, é que nos impactamos com a construção sublime dessa personagem; permanecemos ao lado de Esther quando essa, ao refletir sobre sua existência, caminhou por um período de forte depressão; torcemos pela melhora da personagem; esperamos pelo que viria, a fim de corroborar, ou não, as hipóteses que levantávamos a cada página; desvendamos, então, a redoma de vidro.

> [...] a leitura se compõe de uma quantidade de hipóteses, de sonhos seguidos de despertar, de esperanças e decepções; **os leitores estão sempre adiante da frase que leem, num futuro apenas provável, que em parte se desmorona e em parte se consolida à medida que a leitura progride**, um futuro que recua de uma página a outra e forma o horizonte móvel do objeto literário. (Sartre, 1947/2015, p. 40, grifos nossos).

Percebe-se, então, que é impossível a pessoa autora ler sua obra, tentar prevê-la ou tudo o mais que a leitura exige para se objetivar. Antes de traçar suas palavras sobre o papel, a pessoa autora já escolheu aquilo que quer projetar. E, ainda que por um momento não saiba qual destino dar às personagens, é uma questão de tempo para que lhe venha a famigerada, em meio às pessoas artistas, inspiração. Ao ler seus escritos, a pessoa escritora não atinge, senão, sua própria subjetividade. Para a pessoa autora, "o futuro é uma página em branco, enquanto o futuro do leitor são essas duzentas páginas sobrecarregadas de palavras que o separam do final" (Sartre, 1947/2015, p. 41).

Portanto, entende-se o ato de criar uma obra enquanto um momento incompleto que só encontra sua completude ao ser desvendado por outrem, que não a pessoa que a criou. Quando falamos de literatura, falamos de um exercício de escrita e leitura, e para a concretização dessa dialética, é preciso a conjugação de duas pessoas agentes: a pessoa autora e a leitora; visto que "só existe arte por e para outrem" (Sartre, 1947/2015, p. 41).

No ato da leitura, conforme segue Sartre (1947/2015), pessoa e objeto passam a ser essenciais. Temos um objeto essencial, pronto para ser observado, e contamos com a pessoa essencial em duas facetas: para desvendá-lo com sua consciência (a pessoa que lê) e, também, para produzi-lo (a pessoa que escreve). Entretanto, ler por ler não é suficiente para que se capte o sentido da obra. Isto, pois, o genuíno sentido de uma obra não está dado na linguagem, ele é silêncio. Ler palavra por palavra não garante à pessoa leitora que essa encontrará o sentido da obra, que se encontra em sua "totalidade orgânica" (p. 42). É necessário que ela se atente e se entregue à leitura em sua melhor forma, para inventar acerca do silêncio do sentido, ou seja, para ir além daquilo que as palavras escritas dizem. A pessoa autora, por meio das palavras empregadas, direciona à leitora que, por meio de sua própria subjetividade, lê e cria.

Entendemos, com isso, que uma obra não se completa antes da leitura de outras pessoas; e que uma pessoa autora não pode se perceber enquanto essencial à sua obra sem a consciência da leitora. Isto posto, Sartre (1947/2015, p. 44) nos diz que "toda obra literária é um apelo". Apelo a quê? Resgatemos algumas considerações: ainda que a pessoa escritora empregue, em sua obra, sua subjetividade e ainda que, de acordo com seu projeto, conduziu o livro tal qual o fez, não podemos dizer que isso basta para esclarecer a passagem da subjetividade da pessoa autora para a objetividade da obra. A criação literária se dirige, então, à liberdade da pessoa leitora e é a isso que a escritora apela.

O livro requisita a liberdade da pessoa leitora e se propõe como fim para tal liberdade. A leitora é chamada a constituir a obra, outrora iniciada pela escritora, por meio de uma imaginação engajada. Antes de ser vista, a obra não existe, apenas apela por existir. Primeiro ela é vista para, então, existir. A obra, portanto, apresenta-se "como tarefa a cumprir... Você é perfeitamente livre para deixar esse livro sobre a mesa. Mas uma vez que o abra, você assume a responsabilidade" (Sartre, 1947/2015, p. 45). Cabe a pessoa leitora vivenciar e se emocionar perante a experiência de leitura por meio de sua liberdade. É para essa liberdade que a escritora escreve, é essa liberdade que ela solicita. Mas, ainda, também é esperado que a leitora retribua a confiança estendida pela autora, reconhecendo e solicitando a liberdade daquela que cria.

Sartre (1947/2015) continua expondo que a vontade da pessoa autora atua de forma a induzir a leitura sem, necessariamente, expor de forma direta suas intenções. Não há porque dizer que uma pessoa escritora não possa ter criado sua obra sob o efeito de suas afeições, diz-se, apenas, que manteve certo distanciamento em relação a elas e que tais afeições se transformaram em emoções livres. Da mesma forma, são livres as emoções da pessoa leitora.

A escritora confia à leitora suas afeições, e essa última pessoa retribui, ambas em um movimento de generosidade. Escritora que confia na leitora e leitora que confia na escritora. Confiam, pois não há modo de saberem se a outra fará uso de sua liberdade; essa decisão é livre e parte de cada um. Vejamos o que Sartre traz com relação a essa liberdade:

> Essa confiança já é, em si mesma, generosidade: ninguém pode obrigar o autor a crer que o leitor fará uso de sua liberdade; ninguém pode obrigar o leitor a crer que o autor faz uso da sua... Estabelece-se então um vaivém dialético; quando leio, exijo; o que leio, então, desde que minhas exigências sejam satisfeitas, incita-me a exigir mais do autor, o que significa: exigir do autor que ele exija mais de mim mesmo. Reciprocamente, a exigência do autor é que eu leve ao mais alto grau minhas exigências. Assim, minha liberdade, ao se manifestar, desvenda a liberdade do outro. (Sartre, 1947/2015, p. 51).

Tratando-se de arte, cabe lembrar que toda representação tem como pano de fundo o universo. Ao escrever *Orgulho e Preconceito*, Jane Austen (1813) buscou retratar a burguesia inglesa do século XIX, a promiscuidade das relações travadas naquele período, as discrepâncias entre as classes e outras coisas mais. F. Scott Fitzgerald (1925) retratou, com *O Grande Gatsby*, a Long Island da década de 1920, Nova York. Esta ilha era mais conhecida pelo jazz, contemplada com grandes doses de elegância e glamour, além de denunciar a hipocrisia da sociedade. Falando sobre a sociedade brasileira, podemos citar Machado de Assis (1899) que, por meio de *Dom Casmurro*, apresenta para as suas pessoas leitoras o Rio de Janeiro durante o período do Segundo Império, abordando o amor e o ciúme, os costumes daquela sociedade e, de maneira muito especial, a imagem da mulher. No entanto, a questão que fica é: afinal, Capitu traiu ou não traiu Bentinho? Mas pensemos nisso em outra ocasião, quem sabe.

Vemos, por conseguinte, que de criação em criação, a pessoa artista nos apresenta um resgate da totalidade do ser.

> Pois é bem esta a finalidade última da arte: recuperar este mundo, mostrando-o tal como ele é, mas como se tivesse origem na liberdade humana. Mas como aquilo que o autor cria só ganha realidade objetiva aos olhos do espectador, é pela cerimônia do espetáculo – e particularmente da leitura – que essa recuperação é consagrada. (Sartre, 1947/2015, p. 52).

Junto à entrega de sua obra, a pessoa artista busca dar às suas pessoas espectadoras o que Sartre chama de alegria estética, afeição essa que surge anunciando que a obra está, enfim, completada.

> De fato, essa alegria, que é recusada ao criador enquanto cria, é indissociável da consciência estética do espectador, isto é, no caso que estamos examinando, do leitor. É um sentimento complexo, mas cujas estruturas se condicionam umas às outras e são inseparáveis. De início, é indissociável do reconhecimento de um fim transcendente e absoluto que suspende, por um momento, a cascata utilitária dos fins-meios e dos meios-fins; vale dizer, de um apelo ou, o que vem a dar no mesmo, de um valor. E a consciência posicional que tomo desse valor vem necessariamente acompanhada pela consciência não posicional da minha liberdade, pois é através de uma exigência transcendente que a liberdade se manifesta a si mesma. (Sartre, 1947/2015, p. 53).

Por meio deste movimento transcendente, tomo consciência posicional desse valor, ao mesmo tempo em que tomo consciência não posicional de minha liberdade. Por meio dessa exigência temos a manifestação da liberdade a si mesma, enquanto autonomia e enquanto criadora, nesse caso, da obra literária. Assim,

> [...] escrever é, pois, ao mesmo tempo desvendar o mundo e propô-lo como tarefa à generosidade do leitor. É recorrer à consciência de outrem para se fazer reconhecer como essencial à totalidade do ser; é querer viver essa essencialidade por pessoas interpostas; mas como, de outro lado, o mundo real só se revela na ação, como ninguém pode sentir-se nele senão superando-o para transformá-lo, o universo do romancista careceria de espessura se não fosse descoberto num movimento para transcendê-lo. (Sartre, 1947/2015, p. 54-55).

Por meio da ação revelamos o mundo ao nosso redor, nos relacionamos com esse mundo e com seus fenômenos de modo a transformá-lo e superá-lo. Não há como a pessoa artista retratar a realidade com uma obra imparcial. Na condição em que escolher retratar as injustiças, que faça de modo a superá-las. Se leio tais acusações acerca da realidade, comprometo-me e torno-me responsável por manter a realidade tal qual foi retratada ou por transformá-la. São, escritora e leitora, responsáveis pelo universo.

> E se esse mundo me é dado com suas injustiças, não é para que eu as contemple com frieza, mas para que as anime com

> minha indignação, para que as desvende e as crie com sua natureza de injustiças, isto é, de abusos-que-devem-ser-suprimidos. Assim, o universo do escritor só aparecerá em toda a sua profundidade no exame, na admiração, na indignação do leitor; e o amor generoso é promessa de manter, e a indignação generosa é promessa de mudar, e a admiração é promessa de imitar. (Sartre, 1947/2015, p. 56).

Em suma, a pessoa escritora, enquanto ser livre, escreve para uma leitora, também livre, e não tem outra temática se não a liberdade. Independente do gênero literário empregado, **escrever é desejar a liberdade e, à vista disso, cabe à prosa se solidarizar com a democracia, engajando-se em defender a liberdade**, é para isso que se escreve.

3.3 Para quem se escreve? As diferentes plateias das diferentes literaturas

Respondendo de prontidão, diríamos que a pessoa escritora escreve para pessoas leitoras na dimensão universal, já que suas exigências se dirigem à liberdade de todas as pessoas. No entanto, nos recordemos do que foi exposto linhas atrás: a escritora apela pela liberdade da leitora e confia em sua generosidade para que vivencie e se engaje para e pela leitura. A verdade é que se sabe que nem todas as liberdades estarão disponíveis a receber tal apelo. A liberdade da pessoa leitora não está dada à escritora, é preciso que ela a conquiste. Deste modo, entendemos que, querendo ou não, a autora escreve

> [...] a seus contemporâneos, a seus compatriotas, a seus irmãos de raça ou de classe. De fato, ainda não se notou suficientemente que uma obra do espírito é naturalmente *alusiva*. Ainda que o propósito do autor seja dar a mais completa representação do seu objeto, ele jamais conta *tudo*; sempre sabe de coisas que não diz. É que a linguagem é elíptica. (Sartre, 1947/2015, p. 60-61, grifo do autor).

Toda comunicação acompanha um contexto, uma situação. Tratando-se de literatura, tudo o que a pessoa autora comunica em sua obra parte de um determinado contexto e será recebido por uma pessoa leitora também em um determinado contexto, que podem ser semelhantes ou não. Como saber, então, como atingir as pessoas leitoras pretendidas ou a quais estamos atingindo?

Consideremos, como menciona Sartre (1947/2015), que toda obra possui caráter alusivo e que a linguagem, que nela se emprega, é elíptica. A compreensão dos fatos retratados é influenciada pela compreensão que acumulamos acerca do contexto de tais fatos. Cada pessoa leitora, embasada em sua historicidade, encara o mundo à sua maneira. Possível é que consideremos as semelhanças entre as compreensões por parte de leitoras que compartilham vivências análogas por serem apreendidas de um mesmo contexto universal, ou seja, "indivíduos de uma mesma época e de uma mesma coletividade, que viveram os mesmos eventos, que se colocam ou eludem as mesmas questões" (p. 61).

Em suma, uma pessoa escritora que aborde a ocupação alemã e escreva para pessoas francesas – importante lembrarmos que tal exemplo, abordado por Sartre (1947/2015), tem como data de publicação o ano de 1947 –, o fará de forma mais diretiva, sem que precise desviar o foco do assunto principal na intenção de melhor dar a entender do que se fala. Seria diferente – ainda seguindo pelo mesmo exemplo – se essa pessoa escritora falasse sobre o mesmo assunto ao público americano, público esse que não compartilhava das mesmas vivências em relação ao assunto abordado.

A pessoa leitora encontra-se suspensa entre o total entendimento e a total ignorância, como mostrou Sartre (1947/2015). Não sabe tudo, mas possui certo conhecimento moldado, como mencionado, pelas influências de sua historicidade. A autora aproveita aquilo de que suas pessoas leitoras já possuem conhecimento e lhes desvenda outras tantas. Com sua narrativa, o livro encontra meios de incitar, em sua pessoa leitora, a possibilidade de uma libertação concreta diante de alguma alienação particular.

> Existe em cada um, assim, um recurso implícito a instituições, a costumes, a certas formas de opressão e de conflito, à sabedoria ou à loucura do dia, a paixões duráveis e obstinações passageiros, a superstições e a conquistas recentes do bom-senso, a evidências e ignorâncias, a formas peculiares de raciocinar, o que as ciências puseram em moda e que aplicamos a todos os campos: as esperanças, temores, hábitos da sensibilidade, da imaginação e até mesmo da percepção; enfim, aos costumes e valores recebidos, a todo mundo que o autor e o leitor têm em comum. (Sartre, 1947/2015, p. 62).

Nesse mundo, Sartre (1947/2015) nos mostra que leitora e escritora colocam em ação suas liberdades, buscando conservá-lo, ou aceitá-lo, ou transformá-lo, para si e para outras pessoas. A escritora escolhe o tema para a sua escrita e escolhe sua pessoa leitora em sintonia, pois a escolha de uma está ligada à escolha de outra. Ao mediar a leitora, a autora, tendo consciência de estar engajada na escrita, passa seu engajamento à primeira. A origem da pessoa escritora está na liberdade. Ninguém nasce fadada a ser uma pessoa escritora, é livre para escolher ser escritora, como é livre para escolher ser outra coisa que seja. Quando escolhe escrever, passa a ser vista pelas outras como escritora e, neste papel, exerce uma função social e responde a certa demanda. Escrever por escrever, no entanto, não basta para que a escritora perceba-se engajada.

> Eu diria que um escritor é engajado quando trata de tomar a mais lúcida e integral consciência de ter embarcado, isto é, quando faz o engajamento passar, para si e para os outros, da espontaneidade imediata ao plano refletido. O escritor é mediador por excelência, e seu engajamento é a mediação. (Sartre, 1947/2015, p. 66-67).

Para ilustrarmos a forma com que pode, a pessoa escritora, agir perante sua função social, escolhemos resgatar um exemplo de Sartre (1947/2015): Richard Wright, um grande escritor negro do Sul dos Estados Unidos, mas que acabou se deslocando para o norte. A princípio, podemos pensar que Wright não poderia escrever senão sobre pessoas negras e brancas a partir do olhar de uma pessoa negra que ele é. Tendo-se escolhido escritor, Wright descobre que sua temática, seja da forma que for, apresentará a situação alienada da pessoa negra em meio a sociedade americana. E para quem Wright escreve? Retomando a possibilidade de se escrever para pessoas leitoras em geral, já descartamos a escrita antirracista, visto que por ser universal, não está de fato engajada em algum momento histórico particular. Às pessoas racistas brancas, então? Não seria de se espantar que essas não o lessem. Quanto às pessoas camponesas negras, essas nem mesmo sabiam ler. A Europa o acolheu bem, no entanto, o que poderia se esperar de países tão distantes em tantos sentidos? Restou-lhe os "negros cultos" (p. 68) do norte da América e os "americanos brancos de boa vontade" (p. 68), catalogados, por Sartre, como os "intelectuais, democratas de esquerda, radicais, operários filiados a sindicatos progressistas" (p. 68).

Decerto, Wright tinha a pretensão de ser lido por todas as pessoas livres, mas diante das ilustradas recusas partindo de certos coletivos, fez-se necessário que atingisse de início aquelas que o receberam, para que, por intermédio delas, pudesse alcançar as demais. Por tal empreitada, acontece ao projeto de Wright o que acontece a todos os outros projetos humanos: eles ultrapassam seus limites e se estendem cada vez mais (Sartre, 1947/2015).

Vejamos agora a maneira com que sua obra pode ser recebida por suas diferentes pessoas leitoras. Na condição de falarmos das pessoas leitoras negras, é cabido dizermos que receberão tal escrito de forma subjetiva, afinal, compartilham das mesmas vivências – no caso, nos referimos às pessoas leitoras negras que possuem consciência de suas vivências alienadas ou de violência. Neste diálogo, o autor busca, pela leitura, elucidar sua própria situação e, assim, ajudá-las a elucidar a si mesmas. O autor é, neste caso, consciência dessas leitoras. Já as leitoras brancas, estão ao lado oposto, são as Outras do autor negro. Não compartilham das mesmas condições, tampouco compreendem a condição das pessoas negras. Às pessoas brancas, Wright precisa escrever com outros fins, buscando conscientizá-las e comprometê-las, levando-as a ter novas percepções acerca de suas responsabilidades em meio às injustiças retratadas (Sartre, 1947/2015).

A pessoa escritora produz para a sociedade e é recompensada segundo os valores que esse meio apresenta. Acerca de valores, Sartre (1947/2015) nos aponta que, ao escrever, a pessoa autora desvela por meio de sua obra aqueles estabelecidos e pertencentes ao regime daquela sociedade, dando a ela o que se chama de consciência infeliz. Assim, a sociedade se vê sendo vista, o que lhe desencadeia mudanças; sejam elas relacionadas à transformação que essa sociedade irá buscar, diante da imagem pela pessoa autora apresentada; sejam elas o cultivo de tudo o que lhe foi desvendado, ainda que se envergonhando deste desvelamento, agindo com cinismo ou praticando a má-fé.

Sendo assim, ao considerarmos as forças conservadoras, vê-se na literatura uma atividade perigosa. O que fazem as pessoas leitoras, então? Há quem busque a literatura, ou outras artes, a fim de alcançar uma consciência reflexiva sobre si mesmo, mas que não percebe que ao se deparar com essa imagem, precisará assumi-la; a isso, Sartre descreve como mal-entendido. Há quem busque contornar os perigos oferecidos pela literatura, subsidiando a pessoa escritora a fim de controlá-la; e, a isso, Sartre chama de tática.

> Outras vezes o conflito se disfarça, mas existe sempre, pois nomear é mostrar e mostrar é mudar. E como essa atividade de contestação, nociva aos interesses estabelecidos, ameaça, muito modestamente, contribuir para uma mudança do regime, e como, de outro lado, as classes oprimidas não têm nem a possibilidade de ler, nem o gosto pela leitura, o aspecto objetivo do conflito pode se exprimir como antagonismo entre as forças conservadoras ou o público real do escritor, e as forças progressistas ou público virtual. Numa sociedade sem

> classes, cuja estrutura interna seria a revolução permanente, o escritor poderia ser mediador *para todos* e sua contestação apriorística poderia preceder ou acompanhar as mudanças de fato... a literatura, inteiramente libertada, representaria a *negatividade*, enquanto momento necessário da construção. (Sartre, 1947/2015, p. 71, grifos do autor).

Vejamos, conforme apresentado por Sartre (1947/2015), a passagem da literatura em alguns períodos históricos. Peguemos como cenário a Europa do século XII e notemos a atividade dos clérigos letrados que escreviam exclusivamente para outros clérigos, sob controle, é evidente, de seus superiores. O exercício da leitura e da escrita, que hoje entendemos como direito e conveniência entre todas as pessoas, eram reservados a esse grupo, que da literatura se utilizavam a fim de conservar e transmitir as ideologias do meio cristão. Lendo, conheciam as escrituras sagradas e as produções que buscavam comentar sobre elas. Escrevendo, podiam comentá-las. Assim, a espiritualidade era produzida e conservada conforme os interesses daqueles que as controlavam; e era transmitida ao povo por meio de outros meios de comunicação, como as pregações orais ou pelas imagens que, presentes nos claustros e nas catedrais, contavam a história sagrada.

> À margem dessa vasta empresa de ilustração da fé, o clérigo escreve suas crônicas, suas obras filosóficas, seus comentários, seus poemas, destinados a seus pares e controlados pelos superiores. Não precisa se preocupar com o efeito que suas obras produzirão sobre as massas, pois sabe de antemão que estas não tomarão conhecimento delas; tampouco desejaria introduzir o remorso na consciência de um senhor feudal pilhador ou traiçoeiro: a violência é iletrada. (Sartre, 1947/2015, p. 73).

Pessoas escritoras pertencentes a um grupo que resiste às mudanças, escrevem para este mesmo grupo, visto que as massas não tomam conhecimento de suas produções, descrevendo os valores e as ideologias cultivadas por esse grupo soberano, superior. Escrever para além disso era inconcebível. Nesse meio, literatura e espiritualidade eram alienadas; os clérigos mantinham-se reclusos escrevendo para seus semelhantes, escrevendo para a ideologia que triunfava. Desse modo, "a consciência tranquila do clérigo medieval floresce sobre a morte da literatura" (Sartre, 1947/2015, p. 74).

Agora, avancemos ao século XVII, ou mais especificamente, ao século XVII francês. Um período que apresentou "o desenvolvimento da instrução, o enfraquecimento do poder espiritual, a aparição de novas ideologias" (Sartre,

1947/2015, p. 74). Conforme Sartre, o contato com a literatura se expande pela sociedade, mas o público da pessoa escritora ainda é limitado – "uma fração da corte, do clero, da magistratura e da burguesia rica" (p. 75). Ler e escrever eram atividades superiores, de uma elite. Se lia, era uma pessoa escritora potencial. O período contou com pessoas leitoras ativas, atentas em julgar as produções segundo os costumes e valores que elas próprias buscavam preservar.

Os escritores do clérigo seguiam buscando defender os dogmas e a ideologia da monarquia. Ainda, encontramos as pessoas escritoras laicas, aquelas que aceitavam as ideologias e tudo o mais, mas que não se viam obrigadas a mantê-las ou a retratá-las em suas produções. Alimentadas pela nobreza e lidas pela elite, eram agrupadas pela Academia e buscavam atender seu público específico. Não se questionam sobre o papel que desempenham para o mundo, pois se restringem a refletir acerca de suas responsabilidades em seu período – atender a elite; a elite, pois, era o grupo que as liam e as sustentavam, haja vista a ignorância estendida às pessoas escritoras por parte do povo. Por não criticar a elite e suas ideologias, a pessoa escritora torna-se cúmplice das mesmas e, assim sendo, todo o valor que atribuiu à literatura já é posto segundo os valores dessa elite. Pelo fato de as obras não serem compostas por meio da singularidade de pensamento de cada pessoa escritora, encontravam-se nelas as mesmas concepções e considerações (Sartre, 1947/2015).

> Assim, fala-se a respeito das massas sem consultá-las, sem sequer conceber que um texto possa ajudá-las a tomar consciência de si mesmas... não chegam a se questionar sobre o papel que têm a desempenhar no mundo... Os autores do século XVII têm uma função definida porque se dirigem a um público esclarecido, rigorosamente delimitado e ativo, que exerce sobre eles um controle permanente; ignorados pelo povo, seu ofício é devolver sua imagem à elite que os sustenta. (Sartre, 1947/2015, p. 77).

Por sua vez, essa elite espera, repetida e incansavelmente, encontrar sua imagem e os pensamentos que já possui e sustenta nas mais diversas obras literárias que leem. A pessoa autora descreve as considerações que a elite levanta sobre si mesma a respeito de seus problemas de "fé, o respeito pelo monarca, a paixão, a guerra, a morte e a cortesia" (Sartre, 1947/2015, p. 79). Logo, essa elite "se contempla, encantada, pois reconhece aí os conceitos que forma sobre si mesma; não pede que lhe revelem o que ela é, mas que reflitam o que acredita ser" (p. 79) e a pessoa escritora, com a consciência tranquila, acredita que convém responder às demandas postas pela elite.

Adiante, Sartre (1947/2015) se debruça sobre o século XVIII no intuito de explanar sobre um cenário em que a literatura recusa a ideologia imposta pelas classes dominantes. Período quando uma "classe ascendente" oprimida politicamente, a burguesia, se torna leitora; e que, mais tarde, passará a reivindicar sua participação junto aos negócios do Estado. Foi quando, pela primeira vez, a pessoa escritora teve como público uma classe oprimida que buscava se desprender das ideologias que lhes eram impostas. Neste ponto, temos uma burguesia que passou a perceber-se alienada e que buscou ter mais consciência de si mesma. Nesse novo cenário, a pessoa escritora é sustentada pela classe dirigente e pela burguesia que a contesta, encontrando-se entre ambas. Dessa vez, a pessoa escritora acredita não ter compromisso com alguma dessas facções e, por uma escrita mais livre,

> [...] contempla os poderosos de fora, com os olhos dos burgueses, e também os burgueses de fora, com os olhos da nobreza. Mas continua mantendo com uns e outros uma cumplicidade suficiente para compreendê-los também do interior. Em consequência, a literatura, que até então era apenas uma função conservadora e purificadora de uma sociedade integrada, toma consciência, nele e por ele, de sua autonomia... ela afirma de repente sua independência: não refletirá mais os lugares comuns da coletividade, pois agora se identifica com o Espírito, ou seja, com o poder permanente de formar e criticar ideias. (Sartre, 1947/2015, p. 86).

Tendo a burguesia alcançado o poder, as pessoas escritoras perdem o objeto de temática que as acompanhava, ou seja, a burguesia enquanto uma classe oprimida. Antes, a burguesia oprimida e pessoas literárias marchavam em uníssono na luta pela liberdade de pensamento, liberdade de religião e igualdade de direitos políticos, mas à medida que tais direitos foram conquistados, a defesa pela literatura se quebra. A pessoa escritora, que outrora atendia às exigências de duas frentes, a burguesia e a nobreza, passa a presenciar uma espécie de fusão entre esses dois públicos que, basicamente, tornam-se um; e é a essa união que a pessoa escritora precisa atender (Sartre, 1947/2015).

Sendo as pessoas escritoras nascidas em famílias burguesas e remuneradas pelas pessoas burguesas, veem a burguesia se fechando sobre elas. Essa burguesia, antes oprimida, passa a oprimir por seus próprios meios e a se apropriar dos instrumentos de trabalho. Quando lutava ao lado da burguesia contra o privilégio da nobreza, a literatura buscava conquistar espaço para uma escrita livre. No entanto, com a burguesia tornando-se classe opressora, o cenário muda para a literatura, que agora precisa se mostrar um meio útil para a burguesia alcançar os fins desejados. A literatura, que no século XVIII denunciava e regava a consciência pesada das pessoas privilegiadas, passa a corroborar para uma consciência tranquila das novas pessoas opressoras. "Em particular, como o burguês não se sente inteiramente seguro de si, uma vez que seu poder não se assenta em nenhum decreto da Providência, será necessário que a literatura o ajude a se sentir burguês por direito divino'" (Sartre, 1947/2015, p. 93).

O burguês não admite a existência de classes sociais, ele aponta que

> [...] todos os homens são semelhantes porque são os elementos invariantes das combinações sociais, e cada um deles, independentemente do seu lugar na escala, contém a *natureza humana* por inteiro. A partir daí, as desigualdades aparecem como acidentes fortuitos e passageiros, que não podem alterar as características permanentes do átomo social. (Sartre, 1947/2015, p. 95-96, grifos do autor).

O século XIX nos apresenta a pessoa escritora burguesa e, a ela, a burguesia solicita que escreva "inventários da propriedade burguesia, perícias psicológicas que invariavelmente procuram legitimar os direitos da elite e mostrar a sabedoria das instituições, e manuais de civilidade" (Sartre, 1947/2015, p. 97). Basicamente, o que se pedia às pessoas escritoras era a elaboração de um manual que demonstrasse, de forma clara, a posição da pessoa burguesa e a posição da pessoa proletarizada em seus meios. Nesse contexto, a escritora responderia às demandas da classe opressora e não da nova classe oprimida que, diferente da situação das pessoas burguesas oprimidas no século XVIII,

> [...] não sonha em exigir a liberdade política, de que afinal já desfruta, e que não passa de uma mistificação; quanto à liberdade de pensar, não se importa com ela no momento; o que reivindica é muito diferente dessas liberdades abstratas: almeja a melhoria material de sua existência e, mais profundamente, mais obscuramente também, o fim da exploração do homem pelo homem. (Sartre, 1947/2015, p. 99).

Contudo, nos lembremos de que se trata de um tempo quando a literatura já experienciara momentos de recusa às demandas das classes dominantes. Assim, há pessoas escritoras que se recusam a responder tais demandas e escrevem contra sua leitora (a burguesia). Buscam, por suas obras, chocar o regime opressor, compartilhando insultos e seu desprezo. Para a pessoa escritora, surge uma nova possibilidade de público, a dialética da burguesia, o povo. Público esse que, por mais que abrisse caminho para a literatura em sua nova desenvoltura, não era, de fato, conhecido pelas pessoas escritoras burguesas. Com isso, muitas pessoas escritoras atraíram a inimizade da burguesia e, ainda que tenham caído nas mãos do povo, logo foram esquecidos e desclassificados.

> Nenhum vínculo real os ligava ao proletariado, essa classe oprimida não podia absorvê-los, nem sabia quanto necessitava deles; a decisão que tomaram de defendê-la teria permanecido abstrata; por mais sinceros que fossem, apenas teriam se "debruçado" sobre sofrimentos que compreenderiam com a cabeça, sem sentir com o coração. (Sartre, 1947/2015, p. 99).

Mesmo desvinculada de ideologias religiosas ou burguesas, a literatura não entende que ela própria é, como aponta Sartre (1947/2015), a ideologia. Alcançada sua autonomia, passa a ter a si própria como objeto. Volta seu olhar para si mesma, reflete e experiencia, volta-se para sua atuação anterior e busca elaborar novas técnicas. Busca não privilegiar tema ou público específico, dando margem para a escolha de qualquer temática, pois se elegesse um conteúdo específico para se trabalhar, sairia de sua própria essência e buscaria nas exigências desse conteúdo externo meios para se determinar. Iria adaptar-se às suas pessoas leitoras, correndo o risco de, novamente, voltar a ser uma arte alienada. Não sendo lida pela classe oprimida, cai, novamente, nas estantes da burguesia que a lê e a sustenta. E como poderia a pessoa escritora julgar ou condenar a burguesia sem ter vivenciado as nuances de uma outra classe? Não poderia e não o fez. E por escolher não vivenciar uma outra classe, "vive na contradição e na má-fé, pois sabe, e ao mesmo tempo não quer saber, para quem escreve" (Sartre, 1947/2015, p. 101, grifo do autor).

> [...] o século XIX foi, para o escritor, a época do erro e da queda... se conservasse para a literatura aquela autonomia que conquistara no século XVIII e que não se pensava mais em lhe retirar, ele a teria integrado novamente à sociedade; esclarecendo e apoiando as reivindicações do proletariado, teria aprofundado a essência da arte de escrever e compreendido que existe coincidência, não só entre a liberdade formal de pensar e a democracia política, mas também entre a obrigação material de escolher o homem como tema permanente de meditação e a democracia social... Procurando despertar

> a consciência operária, enquanto testemunhava perante os burgueses a iniquidade destes, suas obras refletiriam o mundo inteiro... teria abandonado a interpretação analítica e psicológica da "natureza humana", em favor da apreciação sintética das *condições*. (Sartre, 1947/2015, p. 120-121, grifo do autor).

Temos uma pessoa escritora que se encontra em situação, como todas as outras, como suas pessoas leitoras. Sartre (1947/2015) aponta que por meio de seus escritos, que abrangem essa realidade, a situação da pessoa escritora é superada. Mas isso não significa dizer que a literatura não possa ser alienada; **a literatura alienada** seria aquela que "não atingiu a consciência explícita de sua autonomia e se submete aos poderes temporais ou a uma ideologia" (p. 123); e **abstrata** seria a literatura que "estabeleceu apenas o princípio de sua autonomia formal e considera indiferente o tema da obra" (p. 124). Alienada, a literatura encontra-se como uma "reflexividade não refletida" (p. 124); é preciso que a literatura passe para o plano refletido; é preciso que a literatura de uma época seja objeto refletido para a consciência quanto à sua autonomia, sem se submeter a ideologias, para que não aconteça de forma alienada – diferentemente do que acontecia, por exemplo, com a literatura do século XII.

Ainda que escreva para todas as pessoas, as que são escritoras são lidas apenas por algumas pessoas; há, entre seu público ideal e seu público real, uma ideia de universalidade abstrata. A pessoa escritora espera por uma repetição daquele público que conquistou em seu presente, espera se perpetuar.

> Mas, como é evidente que a projeção para o futuro do público real e presente tem como efeito perpetuar, ao menos na representação do escritor, a exclusão da maior parte dos homens; como, além disso, imaginar uma infinidade de leitores ainda por nascer equivale a prolongar o público efetivo por um público feito de homens apenas possíveis, a universalidade visada pela glória é parcial e abstrata. E como a escolha do público condiciona, em certa medida, a escolha do tema, a literatura que fez da glória sua meta e sua ideia reguladora também deve permanecer abstrata. Por universalidade concreta deve-se entender, ao contrário, a totalidade dos homens que vivem em determinada sociedade. (Sartre, 1947/2015, p. 125).

Podemos, sim, dizer que todo projeto humano, como o projeto de escrever, recorta uma parcela do futuro. Ainda assim, o público concreto de uma pessoa escritora continuaria uma incógnita.

> Em suma, a literatura em ato só pode igualar-se à sua essência plena numa sociedade sem classes. Apenas nessa sociedade o escritor poderia perceber que não há diferença alguma entre seu *tema* e seu *público*. Pois o tema da literatura sempre foi o homem no mundo. (Sartre, 1947/2015, p. 126, grifos do autor).

É sobre a totalidade do ser humano que a pessoa autora deve escrever; sem se restringir aos interesses de uma classe mais favorecida. Deve escrever, mostra-nos Sartre (1947/2015, p. 127), "sobre todos os homens e sua época e para todos os seus contemporâneos". Assim, ao falar de si, falaria das outras pessoas, e ao falar delas, falaria de si mesmo. Trata-se de uma **literatura antropológica**. Desprendendo-se de classes, a pessoa escritora se lança ao mundo; é pessoa entre pessoas; a literatura é livre[18]. Numa sociedade sem classes,

> [...] é pelo livro que os membros dessa sociedade poderiam, a cada momento, situar-se, enxergar-se e enxergar sua situação. Mas como o retrato compromete o modelo, como a simples apresentação já é princípio de mudança, como a obra de arte, tomada na totalidade de suas exigências, não é simples descrição do presente, mas julgamento desse presente em nome de um futuro, como todo livro, enfim, envolve um apelo, essa presença para si já é uma superação de si. O universo não é contestado em nome do simples consumo, mas em nome das esperanças e dos sofrimentos dos que o habitam. (Sartre, 1947/2015, p. 128).

Desta forma, nos diz Sartre (1947/2015), a literatura nega um dado presente com a elaboração do projeto que é em sua concretude. Não basta que a pessoa escritora seja livre para escrever, é preciso que nós, pessoas leitoras, sejamos livres para mudar a realidade; seria preciso a supressão de classes e de quaisquer ditaduras. A pessoa autora apela às suas pessoas leitoras para que ajam a favor da liberdade humana, mas não age sobre ela; a pessoa leitora é quem escolhe responder a esse apelo. Em uma sociedade sem classes, que se julga e se metamorfoseia, a obra literária encontraria espaço para agir enquanto condição essencial da ação, para agir enquanto momento de consciência refletida e reflexiva. A literatura, que tão bem representa a subjetividade da pessoa conforme ilustra as exigências de um coletivo, levaria suas pessoas leitoras para esse momento de tomada de consciência, para que, diante disso, escolham como agir. Um modelo de sociedade utópica, é claro,

---

[18] Foi visando preservar a liberdade de sua criação literária que Sartre recusou o Prêmio Nobel de Literatura.

o que faz necessário pensarmos a literatura no modelo de sociedade em que nos encontramos, e em que, por consequência, ela se constrói, atualmente.

Ainda que as contribuições de Sartre acerca de uma literatura engajada tenham se voltado mais ao papel da pessoa escritora, elas se mostram essenciais ao buscarmos falar do papel da pessoa leitora, visto que, como mencionado, a experiência literária exige um momento de escrita e um momento de leitura para se completar. Para a construção de nossas análises, buscamos relacionar as considerações sartrianas sobre a literatura com as considerações que outras pessoas escritoras que, de um modo ou de outro, dialogam com a filosofia existencialista de Sartre. Em nossa busca por evidenciar as contribuições que a literatura pode apresentar ao exercício da Psicologia de base existencialista, examinaremos como - mesmo em meio a sociedade desigual na qual nos encontramos - o que chamamos *literatura para a situação*, que em diálogo com o exercício da Psicologia, pode levar as pessoas leitoras e escritoras a uma tomada de consciência reflexiva, favorecendo uma transformação das mesmas e da realidade a qual pertencem - conforme assinalamos no decorrer do caminho que percorremos até aqui.

4

A LITERATURA SITUADA NA PSICOLOGIA EXISTENCIALISTA DE BASE SARTRIANA

Cada leitor é, quando lê, o próprio leitor de si mesmo. A obra de um escritor é apenas uma espécie de instrumento óptico que ele oferece ao leitor a fim de permitir-lhe discernir aquilo que, sem esse livro, talvez não tivesse visto em si mesmo.

Proust (1995)

Conforme apresentado no momento de introdução, propomos, como objetivo deste estudo, **analisar como a literatura pode ser usada como um instrumento mediador do sujeito com suas experiências, nas práticas da Psicologia existencialista sartriana**. Para tanto, recorremos ao conceito de literatura engajada conforme apresentado por Sartre em *Que é a Literatura* e compreendemos tal literatura como uma que age sobre seu público; que carrega em si toda uma historicidade; que é mediação para que o sujeito tome consciência de sua condição; uma literatura situada que nega e contesta as situações que estão dadas; que apresenta o sujeito situado com seu potencial de ação criadora, de superação e de revolução; que apresenta a relação do sujeito com aquilo que ele faz, em sua *práxis*, conforme se escolhe, desvelando o seu ser; que não se prende às classes opressoras, mas que alcança as classes oprimidas; que faz ecoar as vozes silenciadas; que é reflexo do mundo e de seus fenômenos para seus leitores; uma literatura que desvela a realidade de sua época favorecendo mudanças; que possibilita que as pessoas leitoras estabeleçam uma nova ordem de relação com o real; uma literatura que revela, para a pessoa leitora, o seu próprio ser e que a desperta para transformações, pois somos – pessoas psicólogas ou não, literatas ou não – potencial de superação.

O romancista e ensaísta argentino Ernesto Sábato (1911-2011), vencedor do Prêmio Cervantes de Literatura[19], menciona em sua obra *O Escritor e seus Fantasmas* (1967):

---

[19] Para mais informações, acesse: https://elpais.com/diario/1984/12/11/cultura/471567604_850215.html

> Donne dizia que ninguém dorme na carreta que o conduz do cárcere ao patíbulo, e que, no entanto, todos dormimos desde a matriz até a sepultura, ou não estamos inteiramente despertos. Uma das missões da grande literatura: despertar o homem que viaja rumo ao patíbulo. (Sábato, 1967/1982, p. 22).

Antes de prosseguirmos, é necessário pontuarmos que, ainda que adotemos as considerações de Sartre acerca do que vem a ser uma literatura engajada, nos distanciamos do autor, que considera apenas a prosa como possível de se engajar em *Que é a Literatura?*, ao percebermos em nossa análise que as diferentes formas de literatura – a prosa em suas diferentes formas de expressão, como: narrativas, contos, romances, ensaios, novelas e crônicas; mas também a poesia, as histórias em quadrinhos, livros ilustrados etc. – também podem atuar de modo engajado e corroboram para respondermos ao objetivo proposto por essa pesquisa.

Percorrendo algumas leituras despretensiosas sobre estudos literários, fique a par do termo *Torre de Marfim*. Ainda que, infelizmente, não me lembre onde o tenha lido pela primeira vez, busquei conhecê-lo um pouco mais. O termo foi utilizado por Charles Augustin Sainte-Beuve (1804-1869), um crítico literário e poeta francês, em seu poema *Pensées d'Août* (*Pensamentos de Agosto*) em outubro de 1837. Segundo Cecil A. Oberbeck[20], no poema em questão, Sainte-Beuve se referiu a dois escritores, Alfred de Vigny (1797-1863) e Victor Hugo (1802-1885), pontuando que o primeiro, diferente de Victor Hugo, manteve-se em seus escritos distante e indiferente às questões do mundo real, recluso em sua Torre de Marfim. Isabel Almeida[21] explica que a expressão *Torre de Marfim* é utilizada de forma metafórica para se falar daquelas pessoas escritoras/artistas que, refugiando-se cada vez mais alto em suas torres, tratam com indiferença as questões da realidade que necessitam de atenção; ou, se aproximando da ideia da qual aqui estamos discorrendo, pessoas escritoras/artistas que se refugiam em suas Torres de Marfim, distanciando-se de uma escrita engajada. Compreendendo que o engajamento da literatura, ou de outras manifestações artísticas, corresponde ao posicionamento adotado pela pessoa escritora/artista – tal como colocou Sartre –, e considerando que tal engajamento não se restringe a uma determinada forma de expressão, percebemos que as mais variadas formas literárias (e artísticas) podem ser engajadas.

---

[20] Para mais informações, acesse: http://www.worldwidewords.org/qa/qa-ivol.htm

[21] Para mais informações, acesse: https://edtl.fcsh.unl.pt/encyclopedia/torre-de-marfim

A LITERATURA PARA SITUAÇÕES: UM RECURSO PARA A PSICOLOGIA EXISTENCIALISTA

> A literatura, em particular, sob todas as suas formas (mitos e lendas, contos, poemas, romances, teatro, diários íntimos, histórias em quadrinhos, livros ilustrados, ensaios – desde que sejam "escritos"), fornece um suporte notável para despertar a interioridade, colocar em movimento o pensamento, relançar a atividade de simbolização, de construção de sentido, e incita trocas inéditas... Muito além de uma ferramenta pedagógica, a literatura é aqui uma reserva da qual se lança mão para criar ou preservar intervalos onde respirar, dar sentido à vida, sonhá-la, pensá-la. (Petit, 2010, p. 284-285).

A pessoa escritora engajada se posiciona de modo a desvelar a realidade, de ilustrar, às pessoas para quem escreve, suas situações de modo a suscitar transformações. Conforme apresentado por Sartre (1946/2014), quando uma escolha é feita por uma pessoa, essa implica toda a humanidade. Quando a pessoa escolhe em sua singularidade, ela revela uma imagem de como ela deve ser e, igualmente, de como toda a humanidade deve ser; a escolha que faz é uma possibilidade para si e, também, para as outras pessoas. Logo, quando a pessoa escritora engajada escolhe denunciar determinadas injustiças na intenção de transformá-las, apresenta essa intenção como possibilidade também aos seus leitores. A responsabilidade da pessoa escritora ultrapassa sua individualidade e se estende a toda a humanidade. O mesmo movimento de responsabilidade acontece com a pessoa leitora engajada que, percebendo as denúncias narradas e as possibilidades de transformação, escolhe, por exemplo, propagar as obras lidas a outras leitoras. Engajamento literário implica o escolher constante de um coletivo. Conforme anunciado anteriormente, Sartre (1947/2015) coloca:

> Eu diria que um escritor é engajado quando trata de tomar a mais lúcida e integral consciência de ter embarcado, isto é, quando faz o engajamento passar, para si e para os outros, da espontaneidade imediata ao plano refletido. O escritor é mediador por excelência, e seu engajamento é a mediação. (p. 66-67).

Munidas das considerações que reunimos acerca da literatura e da filosofia existencialista sartriana com a qual fundamentamos tal pesquisa, buscamos realizar a leitura de *Un Théâtre de Situations* (*Um Teatro de Situações*), escrito por Sartre e publicado em 1973, em que encontramos pistas que nos levaram a pensar as contribuições do que chamamos *literatura para a situação* à prática da Psicologia existencialista sartriana. Utilizamos a preposição **para** – literatura **para** a situação – ao invés de adotarmos a preposição **de**, utilizada por Sartre em "teatro **de** situações", para sinalizar que estamos abordando aqui uma literatura enquanto instrumento que parte de uma condição histórica, universal e/ou singular de Outro(s) **para** (em direção à) uma situação singular/universal da pessoa e/ou de um coletivo ou grupo.

Como apresentamos anteriormente, o existencialismo de Sartre compreende a situação como sendo o resultado da relação entre condição e liberdade. Ao nascer, a pessoa é lançada em determinado mundo; em meio a um determinado arranjo familiar, uma determinada classe social, um determinado contexto cultural; é lançada em um mundo que carrega toda uma história e uma universalidade e nele inicia seu projeto de ser. Pela infância, a criança passa a ser inserida nos contextos que fazem parte de sua existência pela mediação primeira de sua família (grupo primário), seus cuidadores. Uma família singular realiza a mediação entre a pessoa individual e o universal. Logo, é possível percebermos a ação da infância em cada vida adulta. Existindo no mundo, a pessoa se lança em sua constituição – vai definindo seu ser –, transcendendo a realidade que lhe está dada em direção a um futuro. Toda a constituição da pessoa se dá dentro do seu campo de possíveis, envoltas pelas condições que são vivenciadas por cada subjetividade na particularidade de cada situação. As condições são relativas a cada existência; o que quer dizer que uma mesma condição poderá aparecer como auxílio ou empecilho, a depender da subjetividade que a apreende e da situação em que surge.

Partindo da família, passamos a nos relacionar com outras pessoas, em outros contextos; em instituições como as escolares ou religiosas, nos ambientes de trabalho, nos arredores onde vivemos, os meios que frequentamos. Cada relação humana estabelecida condiciona a existência da pessoa. Além das relações que estabelecemos com as outras pessoas, nos relacionamos também, como aponta e exemplifica Sartre (1960/2002), com os coletivos que se fazem presentes em nossa realidade: igrejas, cafés ou restaurantes; o dinheiro que usamos ou **o livro que lemos**.

> É em sua relação com os coletivos, é em seu "campo social", considerado sob seu aspecto mais imediato, que o homem faz a aprendizagem de sua condição; ainda aqui, as ligações particulares são uma forma de realizar e viver o universal em sua materialidade; ainda aqui, essa particularidade tem a sua opacidade própria que impede de dissolvê-la nas determinações fundamentais: isso significa que o "meio" de nossa vida, com suas instituições, seus monumentos, seus instrumentos, seus "infinitos" culturais (reais como a Idéia de

natureza; imaginários como Julien Sorel ou Don Juan), seus fetiches, sua temporalidade social e seu espaço "hodológico", deve ser *também* objeto de nosso estudo. Essas diferentes realidades, cujo ser é diretamente proporcional ao não-ser da humanidade, mantêm entre si, por intermédio das relações humanas, e *conosco* uma multiplicidade de relações que podem e devem ser estudadas em si mesmas. Produto de seu produto, modelado por seu trabalho e pelas condições sociais da produção, o homem existe ao *mesmo tempo* no meio de seus produtos e fornece a substância dos "coletivos" que o corroem; em cada nível de vida, estabelece-se um curto-circuito, uma experiência horizontal que contribui para modificá-lo na base de suas condições materiais de partida: a criança *não vive somente* sua família, mas também – em parte, através dela e, em parte, sozinha – a paisagem coletiva em seu redor; e é ainda a generalidade de sua classe que lhe é revelada nessa experiência singular. (Sartre, 1960/2002, p. 68-69, grifos do autor).

Vemos que, assim como as pessoas com as quais nos relacionamos, o campo material também age como um mediador à nossa constituição. Consoante a isso, Freitas (2018) menciona que

[...] as relações interpessoais não ocorrem "uni" ou somente "bilateralmente", elas acontecem na condição de suscetibilidade de mediações terceiras, tanto na dimensão micro – do terceiro ser um objeto ou uma pessoa – como na dimensão macro – dos terceiros serem o grupo da família, de amigos, um grupo de trabalhadores, a cultura, um saber, o Estado, as corporações, por exemplo. (p. 205).

Existir em situação é relacionar-se com outras existências, com outras realidades e com a facticidade com a qual nos defrontamos; em situação, a pessoa é condicionada pelo meio ao mesmo tempo em que se volta sobre ele para condicioná-lo; em situação, a constituição da pessoa é mediada; e o que propomos aqui, é investigar a mediação feita pela literatura – sendo esta uma produção humana prático-inerte – entre a pessoa e sua situação.

Mas o indivíduo só não existe: existe rodeado por uma sociedade, imerso em uma sociedade, sofrendo em uma sociedade, lutando ou escondendo-se em uma sociedade... Os sentimentos deste cavaleiro, por egoísta e misantropo que seja, que podem ser, de onde podem surgir, senão de sua situação neste mundo em que vive? Deste ponto de vista, o romance

> mais extremamente subjetivo, de uma maneira mais ou menos tortuosa ou sutil nos dá um testemunho sobre o universo em que seu personagem vive. (Sábato, 1967/1982, p. 17).

Entendemos como **literatura para a situação**, aquela que apresenta em seu enredo situações análogas às das pessoas leitoras – permitindo uma identificação das mesmas com a história e/ou as personagens –, servindo como um instrumento de mediação para que essas pessoas alcancem uma consciência reflexiva[22] acerca de suas experiências.

Para podermos dar uma melhor continuidade na discussão de nosso objetivo, apresentamos aqui a forma com que Sartre (1973) compreendeu o teatro de situações, visto que partimos de tais compreensões para a construção de nossa análise. Ao apresentar suas contribuições acerca do teatro de situações, Sartre nos aponta que as peças teatrais, embora se diferenciem em suas temáticas e seus estilos, abordam em suas tramas questões referentes à existência humana – questões essas contempladas por Sartre em sua filosofia –, como a liberdade e a situação. Segundo Sartre (1973), "se é verdade que o homem é livre em uma dada situação e que ele se escolhe nela e por ela, então o teatro deve mostrar situações simples e humanas e as liberdades que são escolhidas nessas situações[23]" (p. 20, tradução nossa).

Para estreitar a relação com seu público, é necessário que o teatro coloque em cena "um personagem em formação, o momento da escolha, da livre decisão que envolve uma moral e toda uma vida. A situação é um convite; ela nos envolve; ela nos oferece soluções, cabe a nós decidir[24]" (Sartre, 1973, p. 20, tradução nossa). Desse modo, o espectador conseguirá desvelar, cada vez mais, a liberdade das personagens em cena e a sua própria liberdade. Sartre (1973) destaca a importância de que o teatro se empenhe em contemplar uma grande parcela de seus espectadores pelas situações apresentadas em cena: "é preciso encontrar situações tão gerais que sejam comuns a todos[25]" (p. 20, tradução nossa). Para que de fato contemple situações comuns às de seu

---

[22] Conforme apresentado no tópico *Os modos de ser da consciência e seus níveis de apreensão do mundo*, o ato de reflexão ocorre quando o conteúdo da consciência refletida – por meio da qual surge o conhecimento – é posicionada. Pela reflexão, "emito juízos sobre a consciência refletida, envergonho-me ou me orgulho dela, aceito-a ou a recuso etc. A consciência imediata de perceber não me permite julgar, querer, envergonhar-me. Ela não conhece minha percepção, não a posiciona" (Sartre, 1943/2015, p. 24, grifos do autor).

[23] "s'il est vrai que l'homme est libre dans une situation donnée et qu'il se choisit lui-même dans et par cette situation, alors il faut montrer au théâtre des situations simples et humaines et des libertés qui se choisissent dans ces situations" (Sartre, 1973, p. 20).

[24] "un caractère en train de se faire, le moment du choix, de la libre décision qui engage une morale et toute une vie. La situation est un appel; elle nous cerne; elle nous propose des solutions, à nous de décider" (Sartre, 1973, p. 20).

[25] "il faut trouver des situations si générales qu'elles soient communes à tous" (Sartre, 1973, p. 20).

A LITERATURA PARA SITUAÇÕES: UM RECURSO PARA A PSICOLOGIA EXISTENCIALISTA

público, a trama do teatro deve ser contemporânea às pessoas espectadoras. Como ilustrado por Sartre,

> Antígona, na tragédia de Sófocles, deve escolher entre a moral da cidade e a moral da família. Esse dilema não faz mais muito sentido hoje. Mas temos os nossos problemas... Parece-me que a tarefa do dramaturgo é escolher entre essas situações limítrofes aquela que melhor expressa suas preocupações e apresentá-la ao público como a questão que se coloca para certas liberdades[26]. (Sartre, 1973, p. 20-21, tradução nossa).

Na introdução escrita para *Um teatro de situações*, Michel Contat e Michel Rybalka, ao apresentar às pessoas leitoras que as peças teatrais escritas por Sartre eram melhores apreciadas quando lidas do que quando assistidas, apontam que o próprio Sartre não se preocupou tanto com as condições para as encenações de tais peças. Eis um relato por eles apresentado:

> Serge Reggiani nos contou uma anedota significativa a esse respeito. Um dia, quando *Les Séquestrés d'Altona* [Os sequestrados de Altona] já se apresentava havia várias semanas diante de casas lotadas, Sartre viera, como costumava fazer, tomar um drinque com seus atores na saída do teatro. Ele tinha em mãos a edição da peça, lançada no mesmo dia. Mostrando com satisfação o novíssimo volume, lançou com um sorriso: "Isso é o que vale: o livro"[27]. (Sartre, 1973, p. 10-11, tradução nossa).

E é sobre livros que viemos falar![28] A obra *Um teatro de situações*, embora Sartre (1973) foque suas considerações nas peças teatrais, dispõem pistas que nos instigaram a pensar em uma literatura para a situação – que atue de modo semelhante ao teatro de situação – e como essa pode ser chamada a contribuir com o exercício da Psicologia existencialista sartriana. Como mencionado por Sartre, toda comunicação parte de uma situação e atinge outra situação, que pode ser semelhante ou não. Por ser instrumento

---

[26] "Antigone, dans la tragédie de Sophocle, doit choisir entre la morale de la cité et la morale de la famille. Ce dilemme n'a plus guère de sens aujourd'hui (parágrafo) Mais nous avons nos problèmes... Il me semble que la tâche du dramaturge est de choisir parmi ces situations-limites celle qui exprime le mieux ses soucis et de la présenter au public comme la question qui se pose à certaines libertés" (Sartre, 1973, p. 20-21).

[27] Serge Reggiani nous racontait une anecdote significative à cet égard. Un jour, alors que Les Séquestrés d'Altona se jouaient déjà depuis plusieurs semaines devant des salles combles, Sartre était venu, comme il le faisait souvent, prendre un verre avec ses comédiens à la sortie du théâtre. Il avait en main l'édition de la pièce, sortie le jour même. Montrant le volume tout neuf avec satisfaction, il avait lancé en souriant: "C'est ça qui compte: le livre" (Sartre, 1973, p. 10-11).

[28] Reavemos que não estamos desprezando as potencialidades que são apresentadas por outras expressões artísticas; falamos do livro, pois este foi o recorte delimitado para a presente pesquisa.

de comunicação, a literatura também parte de uma situação – a da pessoa escritora – e é recebida por outra – da pessoa leitora. Ao pensarmos uma literatura para a situação, consideramos que essa deve abordar em seu enredo situações existenciais iguais ou análogas àquelas vivenciadas por seu público, e apresentar, também, as liberdades que estão em relação com tais situações. Identificando-se com as questões apresentadas em uma obra literária, a pessoa leitora passa a ter o livro como um instrumento de mediação para que possa alcançar uma reflexão acerca de suas próprias vivências, portanto, de suas próprias questões; e, como mencionado, diante de uma reflexão acerca de suas condições ou de sua subjetividade, a pessoa poderá realizar novas escolhas – há um movimento de transformação do ser.

Para que essa identificação seja possível, a literatura deve apresentar situações que sejam contemporâneas ou análogas às situações vivenciadas pelas pessoas que a leem. Diferente de Antígona (da tragédia de Sófocles), as personagens literárias devem se assemelhar ao sujeito concreto que as acompanha e às questões cotidianas que esse sujeito vivencia em sua contemporaneidade. Como colocado por Sartre (1947/2015), por mais que a pessoa escritora se dirija a todas as liberdades, não será necessariamente lida por todas elas; é preciso conquistá-las. Assim, as obras literárias, embora livres para atingir um público universal, passam a ser escritas para atingir a liberdade das pessoas contemporâneas a ela; pessoas que vivenciam questões semelhantes; pessoas de uma mesma raça; de um mesmo gênero etc.; pessoas que dividem uma mesma situação.

Pensemos em quem são essas pessoas semelhantes à pessoa que escreve: alguém que escolha relatar em sua obra, por exemplo, uma situação de opressão, estará apresentando essa opressão por pelo menos duas vias distintas, mas interligadas: a de quem oprime e a de quem sofre a opressão; essa interligação nos mostra que ambos os lados compartilham uma mesma situação, a opressão. No entanto, a pessoa que oprime e a que é oprimida lerá essa mesma literatura de um modo diferente, pois cada um desses "grupos" de pessoas leitoras, mais ainda, cada pessoa leitora, experienciará essa mesma obra segundo suas subjetividades. Logo, essa situação, que de início parecia ser única a todas as pessoas envolvidas (situação de opressão), mostra-se relativa a cada subjetividade, sendo, ao menos, a situação da pessoa opressora e a situação da pessoa oprimida. A cada uma dessas pessoas, a literatura mediará uma reflexão diferente; quando lida pela pessoa oprimida, a mediará para que ela alcance uma reflexão sobre sua situação de ser oprimida; quando lida pela pessoa opressora, a mediará para que esta alcance uma reflexão de ser opressora.

No entanto, como a relação entre opressor e oprimido é dialética, a literatura também possibilitará a compreensão dessa relação interdependente. Nomeadas essas situações, a pessoa deverá escolher como irá agir diante do que lhe foi desvelado, podendo escolher transformar essa situação ou mesmo mantê-la, considerando que ao escolhermos, nos engajamos no mundo. Agindo sobre a realidade, a pessoa transformará, também, seu próprio ser[29].

Como apresentado anteriormente, Sartre (1947/2015) nos coloca que "falar é agir; uma coisa nomeada não é mais inteiramente a mesma, perdeu a sua inocência. Nomeando a conduta de um indivíduo, nós a revelamos a ele; ele se vê" (p. 28); e como desvelar é transformar, a pessoa não poderá mais se manter da mesma maneira, "Ou irá perseverar em sua conduta por obstinação, e com conhecimento de causa, ou irá abandoná-la. Assim, ao falar, eu desvendo a situação por meu próprio projeto de mudá-la; desvendo-a a mim mesmo e aos outros, para mudá-la" (p. 28). Logo, percebemos que o engajamento literário que visa a transformação de uma realidade não se limita ao momento da leitura de denúncias apresentadas em uma obra, é preciso que a pessoa leitora escolha agir sobre essa realidade de modo a transformá-la.

A experiência literária apenas se conclui no momento da leitura, conforme nos apresentou Sartre (1947/2015) e, como vimos, cada pessoa realiza uma leitura e uma interpretação singular de cada obra, consoantes com sua subjetividade. Distanciando-se dos estudos literários presentes em sua época, o alemão Hans Robert Jauss (1921-1997) foi um crítico literário que buscou contemplar o papel da pessoa leitora – que até então vinha sendo ignorado – ao se pensar a experiência literária. Inaugurando o movimento teórico da *estética da recepção*, Jauss (1969/1994) apresentou a pessoa leitora como responsável por viabilizar as instâncias estética e histórica da obra literária. Sobre a experiência estética, Zappone (2009, p. 194) descreve: "o valor estético de um texto é medido pela recepção inicial do público, que o compara com outras obras já lidas, percebe-lhe as singularidades e adquire novo parâmetro para avaliação de obras futuras (elabora um novo horizonte de expectativas)". Quanto à implicação histórica,

---

[29] Como colocado por Sartre (1946/2014), somos a soma de nossas ações no mundo; a relação dialética entre subjetividade e objetividade é o que nos constitui como sujeitos. Resgatando uma citação do autor outrora apresentada: "O homem não é nada mais que seu projeto, ele não existe senão na medida em que se realiza e, portanto, não é outra coisa senão o conjunto de seus atos, nada mais além de sua vida" (p. 30).

> O "nexo" ou o elemento de relação entre a sucessão de textos na história literária é o próprio leitor/público. Jauss pensa numa cadeia de recepções que teria continuidade e na qual a compreensão dos primeiros leitores iria sendo sobreposta pela recepção dos públicos posteriores. Essa sucessão de recepções do texto, por sua vez, mostraria o significado histórico e o valor estético dos textos. (Zappone, 2009, p. 194).

Desse modo, Jauss (1969/1994) apresenta o momento da leitura como parte fundamental da experiência literária – assim como apresentado por Sartre. A obra literária não existe de forma independente de quem a lê, é preciso que ela seja desvelada pela consciência da pessoa leitora. Como apresentamos, a consciência se lança em direção a um objeto presente no mundo e o apreende de modo relativo à sua subjetividade. Logo, a consciência da pessoa leitora apreende a obra lida segundo sua subjetividade; assim, cada subjetividade apreenderá a obra literária à sua maneira. Inicialmente, de modo irrefletido, posiciona o livro no mundo para que possa, de modo refletido, ser consciente de que é consciência desse livro, alcançando o conhecimento da leitura que realiza. Ao agir de modo reflexivo, a consciência refletida é posicionada e a pessoa leitora poderá emitir juízos acerca da leitura realizada.

> A obra literária não é um objeto que existe por si só, oferecendo a cada observador em cada época um mesmo aspecto. Não se trata de um monumento a revelar monologicamente seu Ser atemporal. Ela é, antes, como uma partitura voltada para a ressonância sempre renovada da leitura, libertando o texto da matéria das palavras e conferindo-lhe existência atual. (Jauss, 1969/1994, p. 25).

Pensando em uma **literatura para a situação**, compreendemos, então, que após tomar conhecimento das diferentes situações retratadas em uma obra literária por meio de uma consciência refletida, a pessoa leitora – posicionando essa consciência refletida – poderá passar ao nível da consciência reflexiva e, assim, realizar uma reflexão e emitir juízos acerca dessas situações. Considerando que a literatura pode agir como um instrumento mediador entre a pessoa leitora e suas condições, podemos concluir que ao tomar consciência refletida de situações análogas às suas que estão ilustradas em uma obra, poderá tomar consciência refletida de sua própria realidade; do mesmo modo, ao posicionar situações literárias que são análogas às suas de modo reflexivo, poderá posicionar sua própria realidade de modo reflexivo: "somente pela reflexão, e crítica a ela, poderemos reconhecer o que fazemos como autores de nossa vida; o que queremos e podemos manter e mudar diante das condições sociomateriais nas quais estamos inseridos(as)" (Freitas, 2022, p. 194).

Ao selecionar uma obra para leitura, a pessoa leitora trará consigo aquilo que Jauss (1969/1994) chamou de **horizonte de expectativas**, que nada mais é que as expectativas levantadas por quem lê com base em suas experiências passadas de leitura. Tais expectativas podem ou não ser alcançadas, a depender daquilo que a pessoa autora construiu e que será revelado pela leitura. Na leitura de romances, por exemplo, é comum encontrarmos um enredo que logo nos apresenta uma mocinha e um mocinho, protagonistas, que se conhecem e se apaixonam ao longo da história, ficando juntos ao final. Certamente foi o que muitas pessoas leitoras pensaram que aconteceria ao lerem o clássico de Louisa May Alcott, *Mulherzinhas* (1868). Como não esperar que, após o desenvolvimento da amizade e da relação construída pela autora, Jo e Laurie não assumissem um relacionamento? Mas os personagens não terminam juntos; Jo rejeita Laurie após ele se declarar a ela, afirmando que o sentimento que nutria por ele era apenas de profunda amizade – vemos, aqui, um exemplo de literatura para a situação que, tal como Sartre aponta que deve ocorrer com o teatro de situações, aborda em seu enredo uma questão da existência que pode ser comum às suas pessoas leitoras, o momento de escolha/de decisão. Após um certo tempo, ambos se casam com outros personagens, mas a amizade entre Jo e Laurie, construída e fortalecida ao longo de todo enredo, permanece inalterada. Para muitas pessoas leitoras, houve uma reestruturação na forma com que enxergavam a relação de proximidade entre um homem e uma mulher, percebendo, através da escrita de Alcott, que é possível existir uma amizade sincera entre homens e mulheres que perdure, o que ainda causa muita estranheza em nosso meio social. Como apontado por Sartre, os conhecimentos que adquirimos somam-se à totalidade de saberes que constantemente construímos; pela literatura, a pessoa leitora pode se contatar com novos conhecimentos que se somarão na sua totalidade de saberes.

Por esse exemplo, apresentamos um modo possível de recepção da obra mencionada, feito no momento histórico em que vivemos atualmente. Devemos pontuar, também, que para muitas outras pessoas que realizaram a leitura em nossa atualidade, a escolha da autora não causou tipo algum de estranhamento, pois essas já carregavam consigo uma ideia próxima daquela apresentada por Alcott. Ainda é possível pensarmos o efeito que Alcott causou em quem leu a obra no momento histórico em que ela foi lançada, quando a realidade social era muito distante da que conhecemos hoje. Haverá, também, a posteridade que irá recepcionar a mesma obra a seu modo. Muitos horizontes de percepção com relação à temática apresentada em *Mulherzinhas*, foram ampliados; muitas compreensões foram modificadas; antes e agora, como serão com as leituras futuras. Acompanhando esse desencadeamento temporal é que podemos pensar a compreensão histórica de dada literatura.

Passado e presente dialogam ao nos contatarmos com uma obra literária, não apenas considerando o período histórico em que a obra foi escrita/lida, mas considerando, também, o período histórico que ela busca retratar. Há pessoas escritoras contemporâneas que situam suas histórias em uma época passada ou em um futuro distópico, por exemplo. Há, também, aquelas obras escritas e situadas na contemporaneidade, que apresentam fenômenos e situações que são, de um modo ou de outro, ligadas ao passado, ligadas a um porvir, e que podem nos auxiliar a pensar a temporalidade da nossa realidade. Assim, percebemos a importância de enxergarmos as obras literárias na forma com que se posicionam no momento da experiência literária. A cada momento de experiência literária ocorre um certo tipo de engajamento. A consciência de cada uma dessas pessoas leitoras apreende e desvela a obra literária à sua maneira e é "atingida" pela leitura, também, segundo suas subjetividades histórico-dialéticas. Agir sobre seu público vem a ser, como demonstrou Sartre (1947/2015), a função social da literatura; Jauss (1969/1994) se aproxima dessa ideia quando aponta que "a função social [da literatura] somente se manifesta na plenitude de suas possibilidades quando a experiência literária do leitor adentra o horizonte de expectativa de sua vida prática, pré-formando seu entendimento do mundo e, assim, retroagindo sobre seu comportamento social" (p. 50).

A literatura deve abordar a totalidade, falar sobre todas as pessoas, ser antropológica – foi o que Sartre apontou através do *Que é a Literatura?*, e também se assemelha às suas considerações em *Teatro de Situações*. Ao escolher o tema, escolhe-se o público leitor; e, ao mediar as pessoas leitoras com seu engajamento, a pessoa escritora passará seu engajamento a elas, que poderão ou não se comprometer com ele.

Ao apresentar situações análogas às das pessoas leitoras, desencadeando em cada uma delas um movimento de reflexão, a literatura ultrapassa sua função de entretenimento e atinge sua função social; é a essa literatura, a que cumpre sua função social, que a psicologia pode recorrer. No decorrer da escrita deste trabalho, fiquei a par da existência de um certo Tzvetan Todorov (1939-2017), um historiador/linguista/ensaísta contemplado por diversas pessoas colegas minhas estudiosas da área de crítica literária. Não me demorei para buscar conhecê-lo e escolhi fazê-lo por meio de sua obra que mais me rondava, *A Literatura em Perigo*, publicada inicialmente em 2007.

No prólogo de sua obra, Todorov levanta um ponto que coincidiu com as reflexões que experienciei quando optei por eleger a literatura como objeto de pesquisa. O autor nos descreve a relação que tinha com a literatura quando jovem, uma relação muito semelhante à da maioria das pessoas leitoras que conheço, inclusive minha própria, no período da adolescência/juventude: através da literatura, "eu podia satisfazer minha curiosidade, viver aventuras, experimentar temores e alegrias, sem me submeter às frustrações que espreitavam minhas relações com os garotos e garotas da minha idade e do meu meio social" (Todorov, 2021, p. 16).

Lembro-me de muitas das vezes em que utilizei a literatura para fugir da realidade que me cercava. Carregando um livro na bolsa por onde quer que eu fosse, não era difícil levantar uma barreira ao meu redor quando me era conveniente. Preocupar-me com as adversidades das personagens literárias, trazia menos cansaço e dificuldade do que me preocupar com as minhas próprias. Em muitos momentos a literatura é experienciada por suas pessoas leitoras como um refúgio para realidade que queremos evitar. Quando retornei à literatura depois de um período de distanciamento, pude perceber que é preciso tomarmos cuidado ao colocá-la nesse papel; não que não possamos vivenciar bons momentos de fuga e distanciamento do real por meio de um bom livro, mas a questão é que a função da literatura vai muito além e é preciso compreendê-la para que consigamos reforçá-la continuamente.

> Os livros são hospitaleiros e nos permitem suportar os exílios de que cada vida é feita, pensá-los, construir nossos lares interiores, inventar um fio condutor para nossas histórias, reescrevê-las dia após dia. E algumas vezes eles nos fazem atravessar oceanos, dão-nos o desejo e a força de descobrir paisagens, rostos nunca vistos, terras onde outra coisa, outros encontros serão talvez possíveis. Abramos então as janelas, abramos os livros. (Petit, 2010, p. 266).

Talvez soe um tanto presunçoso de minha parte colocar desse modo, mas a forma com que retomei minha relação com a literatura suscitou-me reflexões muito semelhantes às colocadas por Todorov (2021) em determinado momento de sua "vida literária".

> Não é mais o caso de pedir a ela [a literatura], como ocorria na adolescência, que me preservasse das feridas que eu poderia sofrer nos encontros com pessoas reais; em lugar de excluir as experiências vividas, ela me faz descobrir mundos que se colocam em continuidade com essas experiências e me permite melhor compreendê-las. (p. 23).

E ele continua com a seguinte descrição:

> Mais densa e mais eloqüente [sic] que a vida cotidiana, mas não radicalmente diferente, a literatura amplia o nosso universo, incita-nos a imaginar outras maneiras de concebê-lo e organizá-lo. Somos todos feitos do que os outros seres humanos nos dão: primeiro nossos pais, depois aqueles que nos cercam; a literatura abre ao infinito essa possibilidade de interação com os outros e, por isso, nos enriquece infinitamente. Ela nos proporciona sensações insubstituíveis que fazem o mundo real se tornar mais pleno de sentido e mais belo. Longe de ser um simples entretenimento, uma distração reservada às pessoas educadas, ela permite que cada um responda melhor à sua vocação de ser humano. (Todorov, 2021, p. 23-24).

Trata-se de se afastar momentaneamente de uma situação da realidade, para depois retornar a ela munidos com as contribuições que recolhemos na experiência de leitura. Ao ler, o "leitor não profissional" (Todorov, 2021, p. 33) busca determinadas obras

> [...] para nelas encontrar um sentido que lhe permita compreender melhor o homem e o mundo, para nelas descobrir uma beleza que enriqueça sua existência; ao fazê-lo, ele compreende melhor a si mesmo. O conhecimento da literatura não é um fim em si, mas uma das vias régias que conduzem à realização pessoal de cada um. (p. 33, grifo nosso).

Como mencionamos, para que a experiência literária de fato alcance as situações reais de suas pessoas leitoras, ampliando seus horizontes de compreensão, é preciso que ela se mantenha em estreita proximidade com o mundo real. No entanto, nem sempre a pessoa leitora realizará leituras análogas às suas situações reais, às suas experiências. Pela literatura podemos, como mencionado, nos afastar do real. Em casos em que a pessoa leitora utiliza a literatura para se afastar da realidade, essa "leitura de fuga" contribui para que se possa conhecer o não-ser com que ela está se relacionando por sua experiência de leitura; por essa mediação, é possível que a pessoa visualize a contradição entre o seu ser e o não-ser, favorecendo para que ela alcance uma reflexão acerca de sua condição subjetiva. Quanto à relação entre a literatura e o mundo, Todorov (2021) pontua que

> A relação com o mundo encontra-se, assim, tanto do lado do autor, que deve conhecer as realidades do mundo para poder "imitá-las", quanto do lado dos leitores e ouvintes, que podem, é claro, encontrar prazer nessas realidades, mas que delas também tiram lições aplicáveis ao restante de sua existência. (p. 46).

Transmitindo conhecimentos acerca da realidade da condição humana que retrata, a literatura apresenta às pessoas leitoras experiências singulares e experiências universais; ao abordar tais experiências, a pessoa escritora convida as pessoas que a leem a pensarem sobre elas, a interpretá-las à sua maneira. A pessoa psicóloga também pode convidar o público com que atua a pensar e interpretar diferentes experiências por meio da indicação de determinadas leituras. Em casos assim, é necessário que a pessoa profissional compreenda que ao colocar um livro como um instrumento de mediação em sua intervenção, carregará consigo um fim a ser alcançado que ela mesma alcançou; logo, poderá agir de modo a direcionar a pessoa por ela atendida para esse mesmo fim. Como subjetividades diferentes realizam leituras diferentes, é preciso que cada profissional aja com cautela e busque ter consciência desses fins por si colocados, contribuindo para que a pessoa atendida possa "voltar às coisas mesmas" e realizar sua própria leitura da obra em questão e para que consiga alcançar suas próprias interpretações; facilitando, assim, um momento de intervenção conjunta entre a pessoa psicóloga e a pessoa atendida, como deve acontecer na Psicologia de base existencialista.

Ainda com relação à pessoa profissional de Psicologia, vimos que a mesma deve buscar compreender a pessoa por ela atendida sem deixar que seus próprios valores contaminem a relação de forma a incitar julgamentos ou a desvalidação das situações que lhes são expostas; o que pode acontecer, haja vista que a pessoa psicóloga produz a sua vida nas mesmas condições históricas que a pessoa por ela atendida, e nada a resguarda de também ter suas ações alienadas às condições que a oprimem.

Conforme as contribuições sartrianas acerca da literatura, foi possível entendê-la enquanto uma arte que busca indicar os fenômenos do mundo, transmitir ideias, informar e comunicar. Por meio dessa literatura, que retrata os fenômenos do real por diferentes ângulos de percepção e de vivência, a pessoa psicóloga que lê poderá se contatar e apreender realidades e existências que são diferentes das suas, conhecendo-as. Ademais, ela poderá desenvolver a atitude empática diante das situações que lhe são apresentadas; poderá entender que a forma com que conhece e experimenta o mundo é de sua singularidade e que não necessariamente será igual a de pessoas que são diferentes de si; poderá compreender a necessidade de suspender seus próprios preconceitos sobre algo para acolher aquilo que lhe é entregue pela pessoa atendida, exercendo sua prática de modo mais humanizado.

Tal como colocado por Sartre (1947/2015), Todorov (2021) nos apresenta que em uma realidade em que somos lançados em um mundo de ideais e pensamentos preconcebidos, e onde somos diretamente atingidos por essas ideologias, a literatura pode atuar como um meio de libertação/ressignificação/desvelamento daquilo que inicialmente tomamos como certo/verdadeiro.

> Conhecer novas personagens é como encontrar novas pessoas, com a diferença de que podemos descobri-las interiormente de imediato, pois cada ação tem o ponto de vista do seu autor. Quanto menos essas personagens se parecem conosco, mais elas ampliam nosso horizonte, enriquecendo assim nosso universo. (Todorov, 2021, p. 81).

E aqui acrescentamos ao pensamento de Todorov que quanto mais essas personagens se parecem conosco, mais elas ampliam nossa percepção sobre nós mesmos, sobre nossa situação. Quando lemos, estabelecemos um tipo de relação com as personagens da história; nos envolvemos com suas tramas, com suas "vidas". Passamos a torcer a favor ou contra essas personagens, enquanto aguardamos ansiosos pelo desfecho de cada uma delas. Pela nossa imaginação, somos capazes de evocar cada personagem com todos os adjetivos que a pessoa escritora elegeu para elas; e mais que isso, podemos atribuir à existência dessas personagens traços e características de nossa escolha. De certa forma, participamos da construção de cada personagem com que nos relacionamos.

Desse modo, é possível estreitarmos ainda mais os laços que construímos com elas e alteramos a identificação que experienciamos; tornamos as personagens com quem nos identificamos ainda mais semelhantes a nós, ou ainda mais diferentes, quando for o caso. Por esse envolvimento, passamos a pensar em infinitas possibilidades para cada uma delas e, com isso, acabamos por pensar, também, em infinitas possibilidades para nossa

A LITERATURA PARA SITUAÇÕES: UM RECURSO PARA A PSICOLOGIA EXISTENCIALISTA

própria realidade. Quando o desfecho escolhido pela pessoa autora não nos satisfaz, deixamos o livro de lado e, após alguns minutos de queixas internas, nos colocamos a pensar nas tantas outras possibilidades que poderiam ser oferecidas à essas personagens[30]; concomitantemente, pensamos nas tantas outras possibilidades de "desfecho" que podemos oferecer à nossa própria realidade. Anna poderia não ter se jogado nos trilhos de um trem; qual outro desfecho poderia ter sido dado à Emma Bovary?; tantas outras possibilidades orbitavam ao redor de Daisy Buchanan.

Obras análogas à realidade de quem lê, atuam como um instrumento de mediação para que a pessoa leitora possa enxergar, pelas linhas que percorre, sua própria situação, como mencionado. Todorov (2021) designa esse movimento de enriquecimento da percepção como uma "amplitude interior" que

> [...] representa, antes, a inclusão na nossa consciência de novas maneiras de ser, ao lado daquelas que já possuímos. Essa aprendizagem não muda o conteúdo do nosso espírito, mas sim o próprio espírito de quem recebe esse conteúdo; muda mais o aparelho perceptivo do que as coisas percebidas. (Todorov, 2021, p. 81).

Importante explicitar que o que Todorov menciona como "incluir na nossa consciência", em Sartre associamos com a visada da consciência, ou seja, escolher novas maneiras de ser. Percebemos, portanto, que para que a pessoa possa se escolher de modo mais autêntico em meio a situação que vivencia, ela precisa tomar conhecimento de tal situação; para esse movimento, a literatura contribui ao mediar a pessoa leitora a alcançar uma consciência refletida sobre a situação que vivencia, passando a conhecê-la e não apenas posicioná-la de modo irrefletido; considerando que é preciso conhecer nossa realidade para que possamos refletir sobre ela.

Como pontuou Sartre (1947/2015), a pessoa leitora está suspensa entre um total conhecimento e uma total ignorância a respeito de sua realidade. As narrativas literárias, como vimos, ao refletirem questões presentes na condição humana, transmitem às pessoas leitoras saberes relacionados a essa realidade abordada. Como apresentado pelo existencialismo sartriano,

---

[30] É o que vivenciam, também, as pessoas autoras de *Fanfics*. Abreviação de *fanfiction* (ficção de fã), as *fanfics* são escritas a partir da leitura de outras obras (ou inspirada em outras criações artísticas) já existentes. Através dessa expressão literária, as pessoas leitoras encontram a oportunidade de reescreverem finais de obras lidas ou de criarem possíveis continuações para essas histórias. Para mais informações, acesse: https://blog.clubedeautores. com.br/2020/08/entenda-o-que-e-fanfic-e-saiba-como-escrever.html

tudo aquilo que buscamos compreender, o fazemos a partir da síntese de saberes que carregamos conosco. O saber antecede a compreensão. Logo, é possível afirmarmos que ao ampliar a síntese de saberes da pessoa leitora, a literatura contribui para que essa alcance uma compreensão acerca da realidade retratada pela escrita. Não estamos dizendo que a forma de transmitir conhecimento que encontramos na literatura se sobressaia àquelas encontradas em textos técnicos ou científicos, mas que elas se diferem. Quanto ao conhecimento racional/objetivo, por exemplo, Sábato (1967/1982) exemplifica que

> O racionalismo... pretendeu cindir as diferentes "partes" da alma: a razão, a emoção e a vontade; e uma vez cometida a brutal divisão, pretendeu que o conhecimento só podia ser obtido mediante a razão pura. Como a razão é universal, como para todo o mundo e em qualquer época o quadrado da hipotenusa é igual à soma dos quadrados dos catetos, como o válido para todos parecia ser sinônimo da Verdade, **então o individual era falso por excelência**. E assim se desacreditou o subjetivo, assim se desprestigiou o emocional e o homem concreto foi guilhotinado (muitas vezes na praça pública e de fato) em nome da Objetividade, da Universalidade, da Verdade e, o que foi mais tragicômico, em nome da Humanidade. (p. 23, grifos do autor).

Quanto à literatura, Sábato (1967/1982) aponta que

> [...] o romance jamais esteve, como hoje, tão carregado de idéias e jamais, como hoje, se mostrou tão interessado no conhecimento do homem. Há mais idéias em **Crime e Castigo** que em qualquer romance do racionalismo. Os românticos e os existencialistas se insurgiram contra o conhecimento racional e científico, não contra o conhecimento em seu sentido mais amplo. O existencialismo atual, a fenomenologia e a literatura contemporânea constituem, em bloco, a busca de um novo conhecimento, mais profundo e complexo, pois inclui o irracional mistério da existência. (p. 13, grifos do autor).

O que acontece é que todos esses meios que transmitem conhecimento conseguem ensinar algo às pessoas leitoras, apenas o fazem de modo diferente. Essa diferença não surge para que determinado meio seja desmerecido em detrimento de outro, mas para que tenhamos a oportunidade de ampliar o potencial da transmissão de conhecimento acerca do real ao se complementarem.

> [...] a escrita *factual* lida com o que acontece com um por cento das pessoas um por cento do tempo. Mas o tema próprio da ficção... é o ordinário, o habitual, o lugar-comum; a ficção se preocupa com o que acontece com noventa e nove por cento das pessoas noventa e nove por cento do tempo, e a distinção básica entre ficção e vida é que a ficção, de várias maneiras, interpreta a vida... A ficção é mais forte que o fato.[31] (Jaffe & Scott, 1966, p. 14, grifos dos autores, tradução nossa).

Por meio de seu enredo, de sua narrativa, de suas personagens, a obra literária apresenta o real da existência humana às pessoas leitoras. Seja por meio de uma narrativa descritiva, um diálogo fervoroso, um cenário fantasioso, ou seja lá qual caráter de escrita adotado pela pessoa escritora, ela desperta suas pessoas leitoras.

> Quantas inquietações intelectuais (e emocionais) não se fazem presentes à leitura de Dostoiévski, de Thomas Mann, de Camus, de Machado! O quanto sabemos sobre o mundo, sobre a vida e a condição humana que não se poderia creditar a Shakespeare, a Flaubert, a Saramago e a tantos outros! Questões estas estranhas a uma prática teórica que trate a literatura estritamente como um documento. (Nunes, 2011, p. 141).

Toda literatura é escrita e lida em situação, como mencionamos. Assim, fundamentando-se no existencialismo sartriano, podemos afirmar que subjetividades diferentes farão leituras diferentes de uma mesma obra; o sentido que eu tiro de determinada obra pode ser diferente do sentido percebido por uma colega; a obra que li outrora, caso eu deseje relê-la, será lida de uma forma diferente, pois eu já "não sou a mesma subjetividade" que fez a primeira leitura. Ao ler, compreendo algo sobre a obra lida e, como a experiência literária ultrapassa o momento de leitura, compreendo algo sobre mim e sobre minha realidade, visto que "a literatura é capaz de promover transformações, de questionar o conhecido com o desconhecido, o familiar com o estrangeiro, de transformar a si através da experiência com a realidade" (Nunes, 2011, p. 149).

> Se a realidade humana é situada, a narrativa deve descrever as *situações* ali consideradas, o que significa que a *situação do narrador* não pode aspirar ao privilégio da exclusividade. A

---

[31] "[...] *factual* writing deals with what happens to one percent of the people one percent of the time. But the proper subject of fiction [...] is the ordinary, the usual, the commonplace; fiction is concerned with what happens to ninety-nine percent of the people ninety-nine percent of the time, and the basic distinction between fiction and life is that fiction, in a variety of ways, interprets life. [...] Fiction is stronger that fact" (Jaffe & Scott, 1966, p. 14, grifos dos autores).

> realidade humana é uma pluralidade situacional: a "realidade objetiva" só se oferece ao leitor quando este se torna contemporâneo dessa pluralidade de situações; para cada consciência, a realidade é aquilo que se oferece imediatamente a essa consciência em situação. (Silva, 2004, p. 125, grifo do autor).

Ao lermos, somos provocados a colocarmos em xeque as verdades que carregamos conosco. Nossa percepção sobre o real é ampliada.

> Penso no que ocorre quando lemos: estamos a todo instante nos reposicionando entre universos: o panorama da ação (o que Bentinho e Capitu fizeram), o da consciência das personagens (o que Bentinho e Capitu pensaram), o da minha consciência como leitor (o que penso sobre o passado histórico do Brasil reconstruído nesse e noutros livros, sobre amor, adultério e poder naquele tempo e hoje), sem falar do mundo das "coisas físicas", dos sentidos, que nos fazem interromper a leitura, espreguiçar e tomar um cafezinho. Numa dialética figura-fundo, saltamos de um lugar a outro e nos distribuímos nesses fragmentos de espaço. (Germano, 2011, p. 161).

A colocação acima nos possibilita pensar a contribuição da literatura à aplicabilidade do método progressivo-regressivo (recurso de investigação da Psicologia existencialista). Partindo do exemplo oferecido por Germano diante da leitura de *Dom Casmurro* em encontro com a literatura para a situação que aqui discutimos, entendemos que a pessoa leitora parte do momento atual em que se situa (movimento progressivo) para perseguir a história (movimento regressivo) – uma história universal vinculada a uma realidade sócio-histórica, assim como uma história subjetiva quando a pessoa leitora, ao se contatar com situações vivenciadas pelas personagens que são análogas às suas, passa a perceber suas experiências e historicidade de modo refletido –, alcançando maior compreensão sobre as mesmas e contextualizando sua realidade; resgatando tanto quanto foi possível dessa historicidade, reencontra sua situação presente (movimento analítico-sintético) e, munida das novas compreensões que alcançou, poderá realizar uma síntese progressiva desses momentos que agora percebe como interligados.

Refletindo a partir disso, a pessoa leitora posiciona sua situação presente relativizando-a com esse passado descoberto, resgatando sua totalidade concreta, histórica e dialética, singular e universal, resgatando seu projeto singular; facilitando uma tomada de reflexão sobre a situação em que se encontra e sobre como vem definindo e realizando seu projeto ser. Na ocasião em que o passado que acompanha a pessoa leitora se encontra sob o modo do não saber, podemos afirmar que a pessoa pode encontrar-se repetindo essas condições por ela não conhecidas, retotalizando seu passado; nesse caso, a subjetividade se apresenta como uma repetição. No entanto, como a subjetividade não deixa de ser um potencial de inovar-se – uma perpétua projeção –, ao tomar conhecimento desse passado e de sua própria condição, a subjetividade da pessoa leitora é objetivada (subjetividade-objeto), e ela passa a apreendê-la de modo refletido e, quiçá, reflexivo e crítico. Diante desse novo conhecimento de si, emergem as possibilidades de futuro e a pessoa precisará escolher-se novamente a partir de sua situação e diante de suas condições; logo, a literatura mediou na pessoa leitora uma transformação.

> Percorrendo a história, também poderemos compreender como as situações são superadas (movimento progressivo), ou seja, qual o encaminhamento futuro que uma pessoa ou membros de um grupo darão as condições que foram construídas no passado nas quais estão inseridos, como mencionado. Compreendendo como lidam com as situações, isto é, como sintetizam progressivamente passado e futuro, poderemos encontrar uma unidade nessas sínteses, pela qual reconheceremos a singularidade de uma pessoa ou de um grupo (o projeto de ser sujeito e o projeto de ser grupo); melhor dizendo, o que os faz serem como são e não se identificarem com outros. (Freitas, 2022, p. 193).

Por buscar apresentar situações que são comuns às pessoas leitoras, entendemos que a literatura pode alcançar grupos específicos de leitoras que compartilham entre si vivências análogas entre si e que podem apresentar compreensões semelhantes de uma mesma obra, como mencionado; pessoas leitoras que compartilham uma mesma coletividade, vivenciam os mesmos eventos ou lidam com as mesmas questões. Essa literatura que envolve diferentes subjetividades comunais nos propicia pensarmos em uma literatura compartilhada que também atue junto aos trabalhos que a Psicologia desenvolve com grupos.

A experiência de leitura, ainda que pareça uma atividade solitária, mantém a pessoa leitora em constante relação com outras pessoas.

> Mesmo se leio sozinha no meu quarto, quando viro as páginas, quando levanto os olhos do livro, outros estão ali ao meu lado: o autor, os personagens cujas vidas ele narra ou aqueles que ele criou, se se tratar de uma ficção (e talvez aqueles que o inspiram), os outros leitores do livro, de ontem e de amanhã,

> os amigos que dele me falaram ou a quem imagino que eu poderia recomendar. Mas também os que constituíram minha vida ou que a compartilham hoje, cujos rostos, brincadeiras, traições ou generosidade estão prontos para aparecer nas entrelinhas. Sozinha, sou muito povoada dentro de mim mesma. (Petit, 2010, p. 139-140).

Para além desse contato indireto que a leitura proporciona, temos cada vez mais presentes, grupos e clubes de leituras destinados ao compartilhamento de experiências literárias. Sejam grupos mais focados em determinadas temáticas ou determinado público, ou grupos mais abrangentes. O que nos leva a pensar sobre a relevância da criação de grupos/clubes de leitura voltados ao público atendido pela Psicologia. Quando pensamos na formação de grupos/clubes de leitura destinados ao público-alvo da Psicologia, consideramos seu funcionamento mediado por pessoas profissionais aptas a contribuírem com a mediação entre a leitura realizada e as questões que serão levantadas e compartilhadas pelas pessoas participantes sobre as situações que serão apresentadas pela obra. Ao formar um grupo, nos mostra Freitas (2022), a pessoa psicóloga carregará consigo seu próprio projeto, suas próprias demandas e suas expectativas de como as pessoas participantes desse grupo deverão agir; logo, será preciso agir com cautela para que as pessoas participantes não acabem alienadas à profissional mediadora. Também será preciso contrastar as necessidades a fim de compreender se as necessidades da pessoa profissional são consonantes com as necessidades das participantes. A pessoa psicóloga não deve se impor ou direcionar demasiadamente o grupo, "são os membros do grupo que devem instigar o andamento da intervenção" (Freitas, 2022, p. 204).

Grupos a serem beneficiados por essa atividade literária em que podemos pensar incluem pessoas que experienciam sofrimento por serem socialmente categorizadas e, por isso, sofrerem discriminações, como por exemplo, mulheres vítimas de violência; pessoas enlutadas; pacientes crônicos ou terminais; pessoas LGBTs; pessoas negras; e, sem dúvida, muitas outras. Petit (2010) nos apresenta um relato que J. Anthoine-Milhomme sobre uma experiência literária em grupo.

> J. Anthoine-Milhomme relata... o modo pelo qual o conto foi utilizado como ferramenta terapêutica com um grupo de mulheres que eram objeto de violência física, no Camboja. Nesse país, ela observa, "com frequência é difícil exprimir diretamente afetos e emoções, tais como tristeza e raiva. O

A LITERATURA PARA SITUAÇÕES: UM RECURSO PARA A PSICOLOGIA EXISTENCIALISTA

> medo de 'perder o rosto' é bem presente": poucas mulheres se expressavam e J. Anthoine-Milhomme se perguntou como ajudá-las sem lhes infligir uma violência. "O emprego dos contos", ela escreve, "se mostrou uma experiência bastante conclusiva." No meio dos arrozais, à sombra das árvores, distante dos outros moradores da vila, pediu-se às mulheres que narrassem um conto e, em seguida, opinassem a respeito dos personagens. É sempre mais fácil falar em nome de um outro: as associações de ideias vêm mais facilmente. A psicóloga clínica dá o exemplo de uma mulher que dizia: "Eu gosto [do herói] porque é esperto e inteligente, mas não gosto dele porque é mau com as mulheres. Quando alguém é mau comigo, fico calma e vou embora. Outro dia eu olhei para o homem que me machucou, sem dizer nada, e fui embora. É como a doutrina de Buda, quando um búfalo ataca um monge, é preciso que este abra seu guarda-chuva e siga em frente". (J. Anthoine-Milhomme, 2001, p. 159-160, como citado em Petit, 2010, p. 194).

Cabe à pessoa psicóloga solicitar às pessoas participantes do grupo que exponham suas experiências relacionadas à temática que ali será trabalhada; deste modo, poderá mediar o desvelamento de experiências que se mostrem comuns e diferentes entre as pessoas participantes (Freitas, 2022). Colocando em cena essas diferentes subjetividades participantes, o grupo poderá caminhar de forma mais assertiva ao pensarem – pessoas participantes e pessoa psicóloga, sincronicamente – em como a literatura poderá ser aplicada como mediadora para a intervenção profissional nesse meio singular.

> [...] o(a) psicólogo(a) não deve se ocupar somente com o movimento dialético realizado pelo seu foco de estudo. O(a) profissional deve ter claro que quase sempre o seu lugar, enquanto tal e diante de um grupo, é de um terceiro. De igual modo, em uma psicoterapia individual, ele(a) está diante do(a) cliente cuja demanda surge nas relações sociais que estabelece, logo, é um terceiro que medeia a relação entre o(a) cliente e seu mundo. (Freitas, 2022, p. 193-194).

E que, neste caso, mediará a relação entre a pessoa atendida e seu mundo com o auxílio da literatura.

O espaço oferecido por um grupo/clube de leitura, ressalta o papel da intersubjetividade; permite o compartilhamento de informações e de ideias; possibilita que se pensem possíveis articulações entre a obra lida e a vida real da pessoa leitora; incentiva a sociabilidade e o aprendizado; leva suas pessoas leitoras a se apropriarem subjetivamente daquilo que ali compartilham; sem que se deixe de lado o simples prazer ou alegria que podem ser encontrados na experiência de leitura (Petit, 2010).

> Os espaços coletivos de leitura tiram cada um de sua solidão, fazem-nos compreender que esses tormentos são compartilhados pelos que estão a seu lado, mas também por aqueles que encontra nas páginas lidas ou por quem as escreveu. Em mais de um caso, essas experiências literárias contribuem para a formação de uma sensibilidade e uma educação sentimental. (Petit, 2010, p. 165).

No entanto, é possível que o modo de funcionamento pensado inicialmente para certos grupos não alcance o resultado esperado. Petit (2010) nos apresenta, como exemplo disso, um relato de Gloria Fernández (2006, p. 57-58) de um acontecimento que vivenciou em uma oficina de leitura na Argentina voltada para pessoas jovens infratoras:

> No primeiro contato, estes se mostraram entusiasmados a respeito de uma parte dos livros propostos. Entretanto, desde o segundo encontro, pediram para ouvir outra coisa ou ir embora... os personagens estavam, no entanto, muito próximos deles; viviam em situações similares... Os protagonistas dos textos escolhidos eram pobres e, com exceção de uma autobiografia de Maradona que havia recebido a aprovação desses jovens, os livros só falavam de infelicidade e desgraças, empregando um léxico cru, próximo do que utilizavam esses jovens: era proximidade demais. (Gloria Fernández, 2006, como citado em Petit, 2010, p. 203).

Pelo exemplo acima, conseguimos perceber o quanto pode ser difícil para algumas pessoas falarem ou lidarem de forma direta com os desafios e as adversidades de sua realidade. Devemos nos atentar, também, sobre a possibilidade de a pessoa leitora não ter alcançado uma consciência refletida ou reflexiva sobre as adversidades/os, desafios/os e sofrimentos que enfrenta, posicionando o mundo e agindo sobre ele de modo irrefletido e espontâneo.

No plano irrefletido, é possível que a pessoa posicione sua realidade por meio da consciência emocional[32]; há, também, a possibilidade de a pessoa

---

[32] Nesse caso, ela tende a responder aos seus problemas de modo espontâneo, escolhendo agir por caminhos que lhe aparecem como certos para se alcançar os fins por ela posicionados, não considerando a existência de outros caminhos. A consciência emocional emerge – como mencionado anteriormente – quando "os caminhos traçados se tornam muito difíceis ou quando não vemos caminho algum, não podemos mais permanecer em um mundo tão urgente e tão difícil" (Sartre, 1939/2019, p. 62). Na intenção de conseguir lidar com essa realidade, a pessoa altera

escolher vivenciar suas experiências mais no modo da consciência imaginante[33] do que percebendo o mundo real. Para que a pessoa possa se libertar dessas realidades forjadas, é preciso experimentar um momento reflexivo.

Em situações que a pessoa não alcançou conhecimento acerca de suas condições, Sartre (1943/2015) coloca, conforme apresentado anteriormente, que "[a pessoa] sofre, sem levar seu sofrimento em consideração ou conferir-lhe valor: sofrer e *ser* são a seu ver a mesma coisa; seu sofrimento é o puro teor afetivo de sua consciência não posicional, mas... [a pessoa] não o *contempla*" (p. 538, grifos do autor). Considerando que a literatura atua como mediadora entre a pessoa e sua realidade, desvelando a ela as adversidades antes não contempladas e apresentando possibilidades de existir diferentes das então conhecidas, podemos dizer que, por meio da leitura, a pessoa pode alcançar uma consciência reflexiva acerca da situação que vivencia.

Outra possibilidade é a de a pessoa leitora, pela mediação da literatura, alcançar um conhecimento acerca de uma condição subjetiva antes desconhecida. Como vimos, Sartre (2013/2015) nos apresenta a situação em que o operário – que não sabia ser antissemita – toma conhecimento sobre o seu antissemitismo. Por meio desse exemplo, o autor nos elucida que o conhecimento de uma subjetividade pode acarretar uma transformação no ser cognoscente. Pensando a literatura como um instrumento que é construído por uma subjetividade e para uma subjetividade, entendemos que aquela possui potencial para apresentar condições subjetivas análogas às condições da pessoa leitora. Diante das condições nomeadas, a pessoa leitora poderá visualizar sua própria subjetividade-objetificada. Esse novo conhecimento de si exerce um efeito sobre a pessoa leitora: ao mesmo tempo em que a classifica em uma subjetividade-objetivada, apresenta a ela possibilidades de futuro, visto que diante de um novo conhecimento sobre si, a pessoa precisará escolher-se novamente. Se contatar com sua subjetividade-objetivada, como apresenta Sartre (2013/2015, p. 39), "provoca na pessoa a sua transformação"; além disso, conhecer certas condições sobre si pode ser um momento desafiador, tal como foi para o operário do exemplo apresentado.

---

as características do mundo que escolhe negar, atribuindo a ele novas qualidades, disfarçando-o; e vivencia essa nova relação de forma verdadeira, aprisionando-se em uma realidade "fantasiosa" sem se enxergar aprisionada.

[33] No plano imaginário – conforme apresentado –, a pessoa substitui a realidade por uma vida fictícia com um enredo construído ao seu agrado, onde é possível controlar a forma com que as coisas se manifestam, sem a imprevisibilidade e a espontaneidade muitas vezes indesejadas na vida real; tal como na emoção, a imaginação também é um ato mágico.

Ainda que esses momentos de se contatar com uma realidade antes disfarçada ou não conhecida venham a ser um desafio, não descartamos a importância de que esse contato com a existência real de cada um aconteça – seja pelo contato com as situações de adversidades já conhecidas; pela descoberta de adversidades antes posicionadas de modo irrefletido; ou pelo novo conhecimento de si alcançado pela pessoa – afinal, é preciso ter o conhecimento da nossa existência para podermos, à luz de nossos projetos, transformá-la.

Podemos pensar que em situações como essa, a Psicologia viria a contribuir, na medida em que conta com pessoas profissionais aptas a mediarem a aproximação de seu público com a forma subjetiva com que apreendem suas situações reais e agem sobre elas; ajudando-as a desvelar tal realidade. Ao empregar a literatura como instrumento de mediação entre a pessoa atendida e uma realidade aversiva, a pessoa psicóloga poderá caminhar junto a ela em direção a essa realidade a fim de melhor conhecê-la e compreendê-la; aproximar-se da realidade, por mais desafiador que isso venha a ser, auxilia a pessoa a pensar formas para superá-la.

Temos, também, as contribuições que a literatura apresenta à psicologia ao propiciar que as pessoas leitoras reescrevam a história que lhes foi apresentada, permitindo que criem, para as personagens da história, novas possibilidades de escolher seu próprio ser. É possível, então, encontrarmos pistas acerca do projeto de ser da pessoa leitora, visto que as escolhas que ela fará para as personagens – em situações análogas à sua própria situação – estarão de acordo com seu próprio projeto. Assim, essa literatura que instiga a imaginação de quem lê, permitirá trabalharmos, mesmo que de modo indireto, as escolhas de pessoas leitoras que, porventura, ainda não consigam abordar as questões de suas situações de forma direta.

Outra opção que caberia como auxílio a essa mediação feita pela pessoa psicóloga, em situações em que seja necessário que esse contato com o real aconteça de uma forma menos direta ou abrupta – aliás, devemos ter em mente que cada pessoa acolhida pela Psicologia e cada situação, demandam certo tipo de intervenção e que a pessoa psicóloga deverá manter-se flexível às necessidades da pessoa acolhida, conforme apresenta a psicanálise existencial – seria o uso de metáforas, de histórias que falem daquilo sobre o que querem falar, mas mantendo-se a uma certa distância.

> Examinando materiais sobre experiências levadas a cabo em contextos de crise, fiquei impressionada pelo fato de que

> pessoas de formações muito diversas (literatos, psiquiatras, antropólogos, bibliotecários etc.) descobriram, em diferentes pontos do mundo, que a leitura de um conto, de uma lenda, de um poema, de um livro ilustrado podia permitir falar as coisas de outra maneira, a uma certa distância – particularmente no caso daqueles que viveram uma guerra, uma catástrofe, um trauma. (Petit, 2010, p. 204).

Sobre as metáforas presentes nas histórias literárias, Petit (2010, p. 206) nos aponta que "uma metáfora permite dar sentido a uma tragédia e evita, ao mesmo tempo, que ela seja evocada diretamente; permite também transformar experiências dolorosas, elaborar a perda, assim como restabelecer vínculos sociais".

E como desvelar é de certa forma mudar, a Psicologia poderá contar, também, com obras literárias que apresentem situações e contextos que se diferenciam da realidade das pessoas leitoras. Isso, pois, consideramos – como já demonstrado – o quanto é importante que a literatura atue como uma expressão da realidade da existência humana, e o quanto é importante, também, que as pessoas leitoras se contatem com novas possibilidades do real, pois as conhecendo, ampliarão seus horizontes de escolhas, podendo projetar caminhos diferentes, e talvez antes inimagináveis para si, como mencionado.

> O horizonte de expectativas da literatura distingue-se daquele da práxis histórica pelo fato de não apenas conservar as experiências vividas, mas também antecipar possibilidades não concretizadas, expandir o espaço limitado do comportamento social rumo a novos desejos, pretensões e objetivos, abrindo, assim, novos caminhos para a experiência futura. (Jauss, 1969/1994, p. 52).

Como apresenta o existencialismo sartriano, apenas podemos julgar uma situação em que nos encontramos à luz de uma possibilidade de ser que projetamos em um futuro. Notamos que a obra literária pode apresentar, além das situações análogas àquelas vivenciadas pelas pessoas que a leem, diferentes possibilidades de ser. Quando lidas, essas possibilidades de ser ampliam o horizonte das pessoas leitoras e contribuem para que elas passem a ver sua realidade de forma reflexiva, podendo, então, identificar as possíveis alienações a que estão presas e escolher como agir, a partir daí, de forma mais autêntica com relação ao seu projeto de ser – ou não, caso escolham agir por má-fé.

Como mencionado anteriormente, o projeto de ser é parte da existência de cada Para-si, ou seja, o desejo que o ser possui de tornar-se um em-si-para-si, uma totalidade acabada. Nosso projeto de ser implica em transcender uma situação em que nos encontramos em direção a um futuro que por nós é projetado dentro das condições sociomateriais em que cada subjetividade se situa. Ao lançar-se em direção ao futuro, o sujeito vai definindo seu ser. Silva (2004) expõe que

> De alguma maneira, meu projeto fundamental é criar-me como em-si e, dessa forma, revelar-me totalmente a mim mesmo. Como é por minhas escolhas que o mundo se revela, uma escolha primordial de mim mesmo seria a revelação absoluta de mim mesmo. Ela me faria aceder ao seu *ser*. O projeto fundamental é um projeto total: um projeto de ser. (p. 139-140, grifo do autor).

Por não possuirmos uma essência prévia que determine nosso ser, por sermos livres para escolhermos quem seremos, nossa totalização vai sendo construída por meio de nossas escolhas diante do mundo[34]. Logo, quando desvelamos nosso projeto para conhecermos aquele que somos, devemos conhecer-nos, também, como a possibilidade de sermos diferente do que somos.

O livro *A arte de ler: ou como resistir à adversidade*, da antropóloga francesa Michèle Petit (2010), é uma opção rica para quem busca pensar as contribuições que a literatura acarreta às pessoas leitoras ao atuar como mediadora para que essas consigam direcionar um olhar reflexivo às suas próprias situações. Ao longo dos capítulos, Petit (2010) aborda diferentes programas voltados a semear e cultivar a literatura ao longo do mundo. Tendo como foco pessoas que se encontram em situações de adversidade, a autora nos apresenta não só as intenções, como também os resultados que florescem com o implemento de tais programas.

Por meio de sua obra, temos a chance ímpar de nos contatarmos com os relatos e testemunhos de algumas pessoas profissionais/voluntárias engajadas em disseminar a literatura, bem como com os relatos daquelas

---

[34] O projeto de ser se revela na singularidade de cada sujeito. No entanto, vale lembrar que, por sermos seres livres, não haveremos de, necessariamente, nos prendermos em um mesmo projeto; há sempre a possibilidade de nos escolhermos de maneira diferente, alterando, assim, nosso projeto inicial. Como colocado por Sartre (1943/2015), é possível nadificarmos uma escolha anterior, interiorizando-a em nosso passado de modo a posicioná-la e avaliá-la; assim, podemos escolher romper com esse passado e seguir com uma nova escolha; finalizamos um projeto anterior para iniciarmos outro.

– crianças, jovens, adultos e idosos – que se beneficiaram de algum modo por meio do contato com a literatura. Quanto a algumas pessoas mediadoras dos projetos de disseminação da literatura que conheceu, Petit (2010) aponta que esses "reconhecem, pelo seu trabalho, que os rumos de um destino podem ser reorientados por meio de uma intersubjetividade, uma disponibilidade psíquica, uma atenção, e que isso... é o cerne da construção ou da reconstrução de si mesmo" (p. 41). Trata-se de pessoas mediadoras que atuam com base

> [...] na consideração da contribuição da literatura para o desenvolvimento psíquico, com a convicção, lastreada pela experiência e por observações, de que a arte da narrativa, em particular, permite organizar a própria história e transformá-la (p. 42).

A autora defende a potencialidade dos textos literários contribuírem para as pessoas leitoras se construírem e se reconstruírem ao considerar que na medida em que as histórias literárias apresentam diferentes formas de ser do existir humano e diferentes pontos da realidade, "os textos lidos abrem... um caminho em direção à interioridade, aos territórios inexplorados da afetividade, das emoções, da sensibilidade" (Petit, 2010, p. 108), permitindo que suas pessoas leitoras alcancem um maior conhecimento sobre si mesmas e ampliem a forma com que percebem a realidade que as cercam e com que projetam seus possíveis.

> De fato, o que os leitores descrevem quando se referem a esse salto para fora de suas realidades cotidianas provocado por um texto não é tanto uma fuga, como é dito frequentemente, de maneira um pouco depreciativa (acreditando-se que seria mais honrável se dedicar totalmente à sua dor ou ao seu tédio), mas uma verdadeira abertura para um outro lugar, onde o devaneio, e portanto o pensamento, a lembrança, a imaginação de um futuro tornam-se possíveis. (Petit, 2010, p. 76).

Pela leitura, não lemos apenas a existência das personagens que nos são apresentadas, lemos fragmentos de nossa própria existência; essa leitura contribui para ampliarmos o conhecimento que temos sobre nós mesmos. A leitura de uma obra consegue instigar nossa imaginação a criar possibilidades daquilo que podemos nos tornar; pode nos auxiliar, por meio das inúmeras faces do real que ilustra e exemplifica, para traçarmos caminhos coerentes em direção ao Ser que projetamos.

Em contato com as pessoas mediadoras literárias de alguns projetos e também com algumas pessoas participantes, Petit (2010) relata que

> Ouvindo-os, ouvindo aqueles que trabalham junto deles, compreendemos que a literatura, a cultura e a arte não são um suplemento para a alma, uma futilidade ou um monumento pomposo, mas algo de que nos apropriamos, que furtamos e que deveria estar à disposição de todos, desde a mais jovem idade e ao longo de todo o caminho, para que possam servir--se dela quando quiserem, a fim de discernir o que não viam antes, dar sentido a suas vidas, simbolizar as suas experiências. Elaborar um espaço onde encontrar um lugar, viver tempos que sejam um pouco tranquilos, poéticos, criativos, e não apenas ser o objeto de avaliações em um universo produtivista. Conjugar os diferentes universos culturais de que cada um participa. Tomar o seu lugar no devir compartilhado e entrar em relação com outros de modo menos violento, menos desencontrado, pacífico. (Petit, 2010, p. 289).

Precisamos lembrar que, como compreendido pelo existencialismo sartriano, não são todas, e não é sempre, que as pessoas poderão contar com um aparato de conhecimentos necessários para enxergar com clareza as adversidades vivenciadas e vislumbrar um cenário melhor para projeta-rem-se. Os desafios que vivenciam diante de tais adversidades podem ser apreendidos de modo afetivo por uma consciência não posicional - como mencionado -, dessa forma, esses desafios não são motivadores das escolhas das pessoas. Projetando-se para um cenário diferente da sua realidade, ima-ginando uma situação melhor para si, a pessoa poderá passar a enxergar sua situação atual como intolerável – quando for este o caso –, passando a agir de modo a superá-la rumo ao possível que ela eleger. Desse modo, vemos as contribuições da literatura, também, quando essa apresenta às pessoas leitoras – especialmente a essas leitoras que experienciam uma visão nebu-losa de sua realidade – novos modos de ser, enriquecendo seus aparatos de conhecimentos e, consequentemente, suas possibilidades de escolher-se.

Mencionamos anteriormente que a experiência literária se compõe por ao menos dois momentos, o da leitura e o da escrita. Façamos um parêntese para apresentarmos algumas considerações a respeito da escrita e suas contribuições ao exercício da Psicologia existencialista. Conforme apresentado por Sartre (2013/2015), pela escrita a pessoa escritora projeta seu ser na história que desenvolve e nas personagens que constrói. O resultado é um texto contendo traços de uma singularidade e traços de um social – um social conforme apreendido por essa pessoa escritora. Há um movimento de retotalização na escrita, pois ao escrevermos sobre a realidade que nos cerca, escrevemos sobre nós mesmos; objetividade e subjetividade se encontram.

A LITERATURA PARA SITUAÇÕES: UM RECURSO PARA A PSICOLOGIA EXISTENCIALISTA

Escrever é comunicar e, tal como quando nos comunicamos pela fala, toda pessoa que escreve, encontra-se em situação. Ao escrever, a pessoa escritora nomeia as coisas do mundo e o desvela, desvela a si mesma e sua própria situação; e, como mencionamos, todo desvelamento implica uma transformação. A pessoa que escreve, ao se contatar com o que escreveu, encontra em seu escrito sua subjetividade-objetivada; logo, consegue apreendê-la de modo refletido e, possivelmente, de modo reflexivo e crítico. Assim, alcança um novo conhecimento sobre si e sobre a realidade na qual se encontra; diante de tais conhecimentos, surgem novas possibilidades de futuro que irão desvelar a situação presente dessa pessoa que, agora, precisará escolher-se novamente a partir de sua situação desvelada e diante de suas condições; assim sendo, constatamos que a escrita (que é parte da literatura) também pode ser mediadora entre a pessoa e sua transformação. Tal como a leitura, a escrita encontra meios para atuar como um instrumento apto a contribuir com o exercício da Psicologia existencialista.

Para ilustrarmos nossas considerações sobre a escrita, utilizamos parte de um relato de David Grossman (2007) que nos foi apresentado por Petit (2010):

> Quando escrevemos, sentimos o mundo se mover, ágil, transbordando de possibilidades, nem um pouco congelado. Enquanto escrevo, mesmo agora, o mundo não se fecha sobre mim, não se torna mais estreito: ele faz gestos de abertura e de futuro. Eu escrevo. Imagino. O simples fato de imaginar me dá novamente vida. Não estou nem congelado nem paralisado diante do predador. Eu escrevo e percebo que o emprego correto e preciso das palavras é como um remédio para uma doença. Um meio de purificar o ar que respiro dos miasmas e das manipulações dos criminosos da linguagem... De repente, não estou mais condenado a essa dicotomia absoluta, falaciosa e sufocante, a essa escolha desumana entre ser vítima ou agressor sem que haja uma terceira via mais humana. Quando escrevo, posso ser *humano*. (p. 229, grifo da autora).

Por meio da discussão aqui apresentada, foi possível alcançarmos algumas das possíveis contribuições advindas do diálogo entre a literatura para a situação e a Psicologia de base existencialista sartriana. Contudo, como o campo da literatura é vasto, assim como o campo da Psicologia, podemos igualmente afirmar que as contribuições que a literatura pode apresentar à Psicologia vão além das aqui apresentadas.

À vista disto, esperamos que o resultado aqui alcançado possa contribuir, de um modo ou de outro, com o desenvolvimento de novos estudos acerca dessa temática que se mostrou tão valiosa. Vejamos, agora, algumas considerações finais que ficam após percorrermos essa caminhada.

5

EM DEFESA DA LITERATURA:
CONSIDERAÇÕES FINAIS

*Os poetas e os romancistas são aliados preciosos, e o seu testemunho merece a mais
alta consideração, porque eles conhecem, entre o céu e a terra, muitas coisas que a
nossa sabedoria escolar nem sequer sonha ainda. São, no conhecimento da alma, nossos
mestres, que somos homens vulgares, pois bebem de fontes que não se tornaram ainda
acessíveis à ciência.*

Freud (1967)

Nasci em uma cidade pequena no interior do Paraná. Lá cresci e
morei por muito tempo. Foi onde eu aprendi a ler; onde eu conheci minhas
primeiras histórias preferidas; onde eu costumava imitar as características
daquelas personagens que eu admirava. Queria ser Alice, mesmo quando
minhas amigas eram Cinderela. Gostava de aprender as morais das histórias,
mas também gostava de sentir a despretensiosidade no que lia. Nas escolas
de lá, me desafiava a ler cada vez mais. Queria muito me lembrar claramente
de todos os livros que li e de todas as personagens que conheci enquanto
crescia, mas de muitos desses títulos e nomes já não me recordo mais. No
entanto, algumas experiências sempre nos marcam de modo especial. Eu
gostava de explorar: o quintal, as ruas, as praças, as cidades. Particularmente,
eu gostava de explorar os pertences da minha família, e quanto mais antigos
eles fossem, mais eu me interessava. Certa vez encontrei um "tesouro", o
"mapa" que me levou até ele foi pura e simplesmente minha curiosidade que
era incentivada por aquelas pessoas que cuidavam de mim.

O tesouro? Alguns exemplares de livros da tão conhecida *Série Vaga-
-Lume*, uma coleção de livros infantojuvenis de autoria nacional; páginas
amareladas com o tempo; folhas e capas frágeis, próximas de rasgarem. Eram
do meu pai e de seus irmãos e suas irmãs. Exemplares comprados por meus
avós para leituras da época do colégio. Não sei o que mais me fascinou; as
tantas palavras juntas e um mesmo livro; as capas ilustradas; os títulos pecu-
liares e tão diferentes daqueles com que eu estava acostumada; as manchas
ao longo das páginas; o cheiro de tempo e pó que me fazia espirrar; ou o

potencial para descobertas que emanava daquelas obras tumultuadas. Resgato aqui essa experiência, mesmo que de forma tão breve, pois ela é parte essencial do lugar onde iniciei a construção de quem venho me tornando e, ouso dizer, do lugar onde essa obra se iniciou. Vejo, de modo cada vez mais nítido, como minha relação com a literatura permeia toda a minha existência; como é primordial para o meu vir-a-ser.

Aqui chegamos! A construção desse estudo partiu do intuito de pensar a interdisciplinaridade entre Literatura e Psicologia. Propusemos, então, investigar quais contribuições a arte literária poderia apresentar aos saberes e fazeres da Psicologia. Diante da vasta gama de hipóteses iniciais levantadas, calculando e recalculando nossa rota de viagem, objetivamos analisar o uso da literatura como um instrumento mediador do sujeito com suas experiências nas práticas da Psicologia existencialista sartriana. Tratamos, então, de analisar o emprego de uma **literatura para a situação** pela pessoa psicóloga.

Foi possível compreendermos, diante do exposto no presente estudo, que a Psicologia respaldada pelo existencialismo sartriano atua segundo alguns pressupostos, como: considerar a pessoa como um ser histórico, dialético e social; prezar pela subjetividade/humanidade de cada uma; buscar compreendê-la por meio de como busca se totalizar em curso; atentar-se à práxis cotidiana da pessoa concreta; entender os fenômenos como acontecimentos entrelaçados em um mesmo conjunto; perceber que a pessoa, em sua individualidade, se constitui influenciada pelas mediações e pelas relações que estabelece; compreender que o projeto de ser de cada pessoa ou grupo se caracteriza pelo transcender de uma realidade dada em direção a um futuro projetado; saber que cada pessoa vivencia as condições do seu campo de possíveis de forma subjetiva, conforme a situação em que se encontra; entender que a pessoa age sobre o mundo e a história ao mesmo tempo em que essas agem sobre ela; considerar que, já que escolher é existir, o ser da pessoa se expressa em cada uma de suas escolhas; considerar que a pessoa está sempre em situação, que é um constante vir-a-ser e que vai se criando e se recriando no curso de sua existência.

Para trabalhar junto de cada existência, é preciso que a pessoa psicóloga de base existencialista se atente à intrínseca relação entre a pessoa, que é essa totalização em curso, e seu meio. Ter em vista a pessoa, o fenômeno, a história, os Outros, as coisas e o meio ao qual pertence pode ser um desafio ao exercício da Psicologia. Como, então, a pessoa psicóloga existencialista pode dar conta de tantas instâncias de uma só vez? As hipóteses iniciais que levantamos no início da construção desse estudo nos instigaram a questionar e investigar a possibilidade de a arte literária contribuir com as práticas da Psicologia existencialista sartriana. Por meio da construção deste estudo e da análise apresentada, ratificamos que a literatura pode atuar como um instrumento mediador do sujeito com suas experiências, contribuindo, assim, com o exercício da Psicologia existencialista sartriana.

De modo mais específico, tratamos aqui de uma literatura para a situação, ou seja, uma literatura construída com situações que se relacionam, de um modo ou de outro, àquelas das pessoas que a leem; que possibilita que essas se identifiquem com a história e/ou com as personagens apresentadas, ou até mesmo que percebam as diferenças entre si mesmas e essas histórias/personagens, a fim de que alcancem uma reflexão acerca de sua condição subjetiva. A mediação oferecida por essa literatura, visa a superação de uma situação – e o que somos, senão, potencial de superação? A literatura para a situação é chamada, pela pessoa psicóloga, seja no exercício individual ou grupal, a mediar a relação entre a pessoa atendida e suas experiências; facilita que a pessoa leitora alcance uma consciência reflexiva acerca de suas próprias vivências; possibilita um resgate da história e uma ampliação da compreensão do contexto sócio-histórico, assim como apresenta perspectivas de superação, contribuindo com emprego do método progressivo-regressivo de investigação; estimula a autonomia para que aquelas pessoas que a leem percebam os limites de suas condições e busquem, como autoras de suas próprias existências, possibilidades de superação de modo cada vez mais autêntico. Assim, a literatura para a situação, por sua mediação, viabiliza uma leitura das (entre)linhas do nosso existir.

Por meio das contribuições apresentadas por Sartre e pelas demais pessoas autoras consultadas no caminhar desse estudo, nossas considerações acerca da articulação entre Psicologia e Literatura foram ampliadas. Os caminhos aqui percorridos me levaram a perceber – entre tantas outras coisas – a importância de se pensar a forma com que nós, pessoas literatas, podemos contribuir para a existência de uma literatura cada vez mais livre e engajada, uma literatura consciente de sua essência e que alcance seu propósito.

Por meio da leitura de *A Literatura em Perigo*, de Tzvetan Todorov (2021), por um exemplar da Editora Difel, fui fisgada, logo no início da leitura, pela "apresentação à edição brasileira" escrita por Caio Meira. Cito tal apresentação por ser grande fã de edições que dedicam um espaço para que uma pessoa estudiosa introduza a obra com a qual iremos nos contatar. Tratando-se de um autor e de uma obra que eu só conhecia "de vista", a apresentação de Caio Meira me foi ainda mais especial. Meira nos coloca que

> Não é difícil perceber que a literatura está sob ameaça. E o pior: não se trata de um velho perigo, aquele decorrente da disputa agônica com oponentes de peso como a filosofia socrática, que acusava de subversiva a arte poética – temida principalmente por sua potência encantatória. Nesse sentido, é possível pensar a argumentação socrático-platônica como de fato elogiosa à poesia, pois reconheceu nela o poder de intervir na formação do espírito e, por conseguinte, da realidade como um todo. Para Todorov, o perigo que hoje ronda a literatura é o oposto: **o de não ter poder algum, o de não mais participar da formação cultural do indivíduo, do cidadão.** (Todorov, 2021, p. 8, grifos nossos).

Na sequência, Meira nos leva a pensar sobre o quão raro é encontrarmos estudantes do ensino médio ou até mesmo do curso de Letras no Brasil que de fato conhecem literatura. Como razão para esse não contato com obras literárias por parte das pessoas estudantes, podemos pensar, por exemplo, o modelo de ensino da literatura nas escolas brasileiras – mas não apenas das escolas brasileiras, como o próprio Todorov (2021) nos aponta – que acaba por priorizar como conteúdo as teorias acerca das escolas/gêneros literários e não a leitura das obras sobre as quais estudam. O perigo, então, encontra-se na forma ainda institucionalizada com que a literatura acaba sendo ofertada em salas de aula. Faz-se necessário que a literatura deixe de ser vista apenas como um conteúdo que deve ser aprendido para a realização de avaliações a serem esquecidos na sequência; e passe a ser vista como um instrumento de mediação para que a pessoa leitora amplie seus conhecimentos acerca do mundo por ela retratado, bem como de seu mundo.

> [...] o que Todorov reivindica é que o texto literário volte a ocupar o centro e não a periferia do processo educacional (e, por conseguinte, da nossa formação como cidadãos)... que Machado de Assis não seja apresentado em primeiro lugar como escritor de transição entre o Romantismo e o Realismo... mas que Memórias Póstumas de Brás Cubas ou Dom Casmurro sejam lidos e discutidos antes de serem classificados ou periodizados. (Todorov, 2021, p. 11, grifos do autor).

O que me suscita – pensando em minhas próprias experiências da época do ensino médio: será que realmente não gostamos de *Macunaíma* (de Mário de Andrade, publicado em 1928)? Ou não gostamos da forma como *Macunaíma* nos foi apresentada? E quanto ao *O Cortiço* (de Aluísio Azevedo, publicado em 1890); ou *Iracema* (de José de Alencar, publicado em 1865); ou *Vidas Secas* (de Graciliano Ramos, publicado em 1938)? De fato, não gostamos dessas obras? E até mesmo: por que, popularmente, tanto se fala em *Dom Casmurro* (de Machado de Assis, publicado em 1899) e quanto são desconhecidas/esquecidas as outras obras brasileiras, principalmente aquelas escritas por pessoas negras? Será mesmo que não gostamos de literatura? Ou ainda, será mesmo que não gostamos da literatura nacional? É preciso entendermos que tipo de relação podemos ter com a literatura; qual é, de fato, sua função; e como podemos fortalecer o contato com ela, para lidarmos com os perigos que a cercam.

É necessário que a experiência literária transcenda a leitura de uma obra e alcance a vida real da pessoa leitora. Para tanto, é importante pensar as formas empregadas no ensino e na propagação da literatura. Nas escolas, como mencionado, podemos observar os obstáculos que o ensino da literatura enfrenta ao abordar como prioridade o ensino técnico/teórico da literatura e não a leitura da obra em si e a compreensão da mensagem que ela tem a nos passar (Todorov, 2021). A finalidade dessas metodologias se limita a formar pessoas alunas aptas à realização de provas/vestibulares, e não a formação de pessoas leitoras críticas, aptas a usufruírem dos benefícios que a leitura proporciona. Ao ler, como apresentamos anteriormente, o "leitor não profissional" (Todorov, 2021) busca determinadas obras

> [...] para nelas encontrar um sentido que lhe permita compreender melhor o homem e o mundo, para nelas descobrir uma beleza que enriqueça sua existência; ao fazê-lo, ele compreende melhor a si mesmo. O conhecimento da literatura não é um fim em si, mas uma das vias régias que conduzem à realização pessoal de cada um. (p. 33).

Assim, em ambientes onde a literatura não tem a necessidade de ser tecnicamente compreendida – ao contrário de certos espaços do ensino superior, por exemplo – o contato direto com as obras é que deve sobressair. Para que possamos aproveitar da melhor forma as contribuições que a literatura oferece, é preciso que ela seja compartilhada e propagada; que ganhe cada vez mais espaço nas salas de aula e fora delas; que alcance todas as faixas etárias. Visando os perigos que ainda rondam a literatura, é preciso que sua função continue sendo defendida e justificada, até mesmo com pequenos passos; é, também, em prol disso que o pequeno passo que lançamos com essa obra caminhou.

> É por isso que devemos encorajar a leitura por todos os meios – inclusive a dos livros que o crítico profissional considera

com condescendência, se não com desprezo, desde Os Três Mosqueteiros até Harry Potter: não apenas esses romances populares levaram ao hábito da leitura milhões de adolescentes, mas, sobretudo, lhes possibilitaram a construção de uma primeira imagem coerente do mundo que, podemos nos assegurar, as leituras posteriores se encarregarão de tornar mais complexas e nuançadas. (Todorov, 2021, p. 82).

Como encorajar a leitura? Como assegurar que ela chegue a todos os públicos? É possível concebermos a literatura como um direito de toda a humanidade?

Em seu escrito **O Direito à Literatura**, capítulo da obra *Vários Escritos*, publicado em 1988, o crítico literário Antonio Cândido (1953/2011) busca discorrer acerca da relação entre literatura e direitos humanos. Para tanto, nos aponta que para tratarmos os direitos humanos, devemos assumir que tudo aquilo que nos é indispensável, é também indispensável às outras pessoas. Segundo o autor, é comum que se chegue à conclusão de que todas as pessoas devam ter direito àquilo que é fundamental a uma sobrevivência decente: casa, comida, instrução, saúde. Mas logo questiona: "será que pensam que o seu semelhante pobre teria direito a ler Dostoiévski ou ouvir os quartetos de Beethoven?" (Cândido, 1953/2011, p. 174); ou seja, será que pensam que arte, cultura e lazer são itens fundamentais a uma sobrevivência decente?

Para dar sequência em sua discussão, Cândido (1953/2011) adotou, do sociólogo francês e padre dominicano Louis-Joseph Lebret, a ideia de "bens compressíveis e bens incompressíveis" (p. 175); sendo o primeiro, bens considerados substituíveis ou até mesmo descartáveis, logo, não essenciais; e o segundo, o conjunto de bens considerados essenciais ao decente existir humano. Uma distinção de bens que de início parece simples de ser compreendida, mas que na verdade, apresenta dificuldades quando tentamos delimitar as fronteiras de cada um deles. Uma das razões para essas dificuldades vem do fato de que "cada época e cada cultura fixam os critérios de incompressibilidade, que estão ligados à divisão da sociedade em classes, pois inclusive a educação pode ser instrumento para convencer as pessoas de que o que é indispensável para uma camada social não o é para outra" (Cândido, 1953/2011, p. 175).

Para que não se perca a ideia de direitos humanos trazida por Cândido (1953/2011) – em que tudo o que é indispensável para mim é também para as outras pessoas – o autor menciona a importância de cada pessoa, em sua individualidade, tomar consciência de que a classe mais pobre/as minorias possuem o direito a bens materiais e à igualdade nos tratamentos recebidos tanto quanto a classe mais alta. Socialmente falando, se faz necessário que a sociedade empregue leis específicas com a finalidade de garantir tais direitos.

Assim, Cândido (1953/2011, p. 176) categoriza como bens incompressíveis não apenas "a alimentação, a moradia, o vestuário, a instrução, a saúde, a liberdade individual, o amparo da justiça pública, a resistência à opressão etc." – bens que "asseguram a sobrevivência física em níveis decentes" –, como também "o direito à crença, à opinião, ao lazer e, por que não, à arte e à literatura" – bens que assegurem uma "integridade espiritual".

Para esta discussão, é importante destacarmos que Cândido (1953/2011) classificou como literatura

> [...] da maneira mais ampla possível, todas as criações de toque poético, ficcional ou dramático em todos os níveis de uma sociedade, em todos os tipos de cultura, desde o que chamamos folclore, lenda, chiste, até as formas mais complexas e difíceis da produção escrita das grandes civilizações (p. 176).

Trata-se de um tipo de fabulação/fantasia/ficção criada pela humanidade e que permeou/permeia a existência humana em todos os tempos – fantasia indispensável à realidade de cada um de nós que, de um modo ou de outro, está em constante contato com ela, seja através de uma canção popular, de uma novela rotineira ou de um romance escrito.

Ainda sobre a indispensabilidade da fantasia, Cândido (2012) a aponta como

> [...] coextensiva ao homem, pois aparece invariavelmente em sua vida, como indivíduo e como grupo, ao lado da satisfação das necessidades mais elementares... A literatura propriamente dita é uma das modalidades que funcionam como resposta a essa necessidade universal, cujas formas mais humildes e espontâneas de satisfação talvez sejam coisas como a anedota, a adivinha, o trocadilho, o rifão. Em nível complexo surgem as narrativas populares, os cantos folclóricos, as lendas, os mitos. (p. 83).

Deste modo, o autor enquadra a literatura como uma necessidade universal que deve ser satisfeita, constituindo-a, então, em um direito humano.

Pensando que "cada sociedade cria as suas manifestações ficcionais, poéticas e dramáticas de acordo com os seus impulsos, as suas crenças, os seus sentimentos, as suas normas, a fim de fortalecer em cada um a presença e atuação deles" (Cândido, 1953/2011, p. 177) e partindo das discussões realizadas por Sartre em *Que é a Literatura?*, podemos reafirmar que essa expressão artística é criada pela e para a sociedade. Assim, encontra formas de instruir e educar aquelas pessoas que dela se apropriam; o que nos permite compreender melhor o porquê de, em alguns contextos sociais, ela ser tomada como aliada e, em outros, como uma ameaça ou um risco às classes dominantes, por exemplo.

Este receio pela literatura nos leva a lembrar dos diversos títulos censurados em períodos como o da Segunda Guerra Mundial ou da Ditadura Militar no Brasil, como mencionado na parte introdutória deste estudo. Ficcionalmente falando, podemos retomar, também, à obra distópica de Ray Bradbury, *Fahrenheit 451*, em que a característica instrutiva e educacional da literatura era tida como uma ameaça ao regime daquela sociedade, o que levou seus dirigentes a proibirem a leitura, perseguindo qualquer pessoa suspeita de ainda possuir algum livro, qualquer que fosse, e a uma reestruturação do trabalho dos bombeiros que, nesse cenário, eram responsáveis por atear fogo em todos os livros que eram encontrados.

Notamos, então, que "a literatura confirma e nega, propõe e denuncia, apoia e combate, fornecendo a possibilidade de vivermos dialeticamente os problemas" (Cândido, 1953/2011, p. 177). Como não a enquadrar como um instrumento necessário à realidade humana?

Toda obra literária, nos aponta Cândido (1953/2011), é um objeto construído segundo uma ordem. Cabe à pessoa escritora organizar e articular as palavras escolhidas, pois é através dessa ordenação que se transmite à pessoa leitora uma mensagem. Por meio da mensagem transmitida, pode a pessoa escritora expressar diferentes emoções e visões do mundo, atuando sobre a leitora de modo que esta encontre meios para ampliar sua própria visão acerca da realidade; também é possível – conforme mencionamos aqui – que a pessoa escritora se posicione de forma crítica em sua escrita, buscando transmitir conhecimentos intencionais sobre a realidade que a cerca.

Como exemplos de literaturas que, pela transmissão de suas mensagens, posicionam-se criticamente frente às injustiças sociais, Cândido (1953/2011) reporta-se a Castro Alves que, por meio de suas obras, posicionou-se contra a escravidão; a Eugène Sue (1804-1857), que buscou escrever sobre a situação de miséria das classes mais baixas; a Victor Hugo (1802-1885) que, em sua obra *Os Miseráveis* (1862), abordou a temática da pobreza e da opressão; a Dostoiéviski (1821-1881) que ilustrou a violência contra a criança em sua obra *Os Demônios* (1872); a Charles Dickens (1812-1870) que apresentou às pessoas leitoras a exploração sofrida pelos meninos de orfanato através de *Oliver Twist* (1837); e a nomes brasileiros que, por meio de suas escritas, buscaram desmascarar a realidade da sociedade a qual pertenciam, como Jorge Amado (1912-2001), Graciliano Ramos (1892-1953), José Lins do Rego (1901-1957), Rachel de Queiroz (1910-2003) e Érico Veríssimo (1905-1975).

Seguindo pelos pensamentos aqui expostos, Cândido (1953/2011) encontrou meios para defender a literatura como um direito humano, ressaltando, em especial, que

> [...] a literatura corresponde a uma necessidade universal que deve ser satisfeita sob pena de mutilar a personalidade, porque pelo fato de dar forma aos sentimentos e à visão do mundo ela nos organiza, nos liberta do caos e portanto nos humaniza... a literatura pode ser um instrumento consciente de desmascaramento, pelo fato de focalizar as situações de restrição dos direitos, ou de negação deles, como a miséria, a servidão, a mutilação espiritual. Tanto num nível quanto no outro ela tem muito a ver com a luta pelos direitos humanos. (p. 188).

A maior dificuldade, aponta Cândido (1953/2011), é que algumas sociedades, como a brasileira, optam por enquadrar a literatura como um bem compressível, ou seja, como não sendo um direito humano essencial. Deste modo, às classes mais baixas, reserva-se a oportunidade de se contatarem com o folclore, a literatura de massa ou os provérbios – que devem sim ser usufruídos e tidos como uma arte de importância –, mas não o direito de experienciar a literatura de Machado de Assis ou Shakespeare – a literatura erudita –, que garantiria a cada um ter contato com esse conjunto literário que se complementa.

> Para que a literatura chamada erudita deixe de ser privilégio de pequenos grupos, é preciso que a organização da sociedade seja feita de maneira a garantir uma distribuição equitativa dos bens. Em princípio, só numa sociedade igualitária os produtos literários poderão circular sem barreiras, e neste domínio a situação é particularmente dramática em países como o Brasil, onde a maioria da população é analfabeta, ou quase, e vive em condições que não permitem a margem de lazer indispensável à leitura. Por isso, numa sociedade estratificada deste tipo a fruição da literatura se estratifica de maneira abrupta e alienante. (Cândido, 1953/2011, p. 189).

Contar com uma sociedade igualitariamente enriquecida pelas contribuições da literatura seria então uma utopia?

Cândido (1953/2011) nos apresenta uma organização cultural, oferecida a todas as pessoas, realizada no Brasil por Mário de Andrade, entre 1935 e 1938, o então chefe do Departamento de Cultura da Cidade de São Paulo. Nesse período, Andrade remodelou a Biblioteca Municipal; criou bibliotecas ambulantes em furgões que visitavam diferentes bairros; incentivou o contato com a música por meio de quartetos, orquestras sinfônicas e corais; incrementou pesquisas que valorizavam a cultura popular por entender que a arte era fruto do povo; entre outros programas de extrema importância para a valorização da arte e da cultura.

Frente aos feitos de Mário de Andrade e às contribuições de pessoas autoras como Antonio Cândido, experimentamos até um certo vislumbre de uma sociedade em que a literatura pode caminhar sem barreiras como um direito humano defendido e garantido. Uma sociedade assim seria possível? Tanto pode ser que sim como pode ser que não, talvez a questão que nos fica seja: quem marcharia em luta para alcançá-la? Tornar-se-ia, o povo, interessado por uma literatura engajada?

> A partir de 1934 e do famoso Congresso de Escritores de Karkov, generalizou-se a questão da literatura proletária... uma das alegações era a necessidade de dar ao povo um tipo de literatura que o interessasse realmente, porque versava os seus problemas específicos de um ângulo progressista. Nessa ocasião, um escritor francês bastante empenhado, mas não sectário, Jean Guéhenno, publicou na revista Europe alguns artigos relatando uma experiência simples: ele deu para ler a gente modesta, de pouca instrução, romances populistas, empenhados na posição ideológica ao lado do trabalhador e do pobre. Mas não houve o menor interesse da parte das pessoas a que se dirigiu. Então, deu-lhes livros de Balzac, Stendhal, Flaubert, que os fascinaram. Guéhenno queria mostrar com isto que a boa literatura tem alcance universal, e que ela seria acolhida devidamente pelo povo se chegasse até ele. E por aí se vê o efeito mutilador da segregação cultural segundo as classes. (Cândido, 1953/2011, p. 191, grifos do autor).

As obras literárias, independente do seu meio de origem, podem se disseminar e alcançar diferentes lugares. A sementinha de uma determinada literatura cai em determinado solo, lá ela é semeada, cultivada e floresce; de certa forma se enraíza e passa a ser solicitada; se mantém presente. Contextos e lugares diferentes entre si, mas que apresentam questões existenciais semelhantes – um certo parentesco existencial – podem compartilhar de uma mesma obra literária, pois a literatura não se limita ao seu país ou ao seu público de origem, ela caminha por entre as diferentes existências, para nelas repousar e aflorar proveitosas experiências literárias e experiências subjetivas.

Por meio do exposto durante todo o desenvolvimento dessa obra, podemos perceber ainda mais a necessidade de que a arte literária seja defendida e ganhe espaço em discussões acadêmicas, mas que, também, seja disseminada amplamente por toda a sociedade. O contato com a literatura atua sobre nosso meio de modo a enriquecê-lo e melhorá-lo, mas, como mencionado anteriormente, essa arte ainda é rondada por perigos e vítima de ataques, especialmente por parte de regimes iníquos que a enxergam como uma ameaça às suas ideologias. **Para que a literatura possa ser um instrumento de contribuição ao exercício da Psicologia – e também ao exercício de tantas outras profissões –, é preciso que essas a solicitem, a valorizem e saiam em sua defesa.** Abordar as contribuições que a literatura apresenta à sociedade parece um bom modo de sair em sua defesa. Por tanto, por meio deste singelo estudo que aqui concluímos – investigando as contribuições da arte literária ao exercício da Psicologia existencial –, almejamos conseguir dar mais um passo, ainda que um pequeno passo, em prol de uma literatura livre e parte essencial aos direitos humanos.

REFERÊNCIAS

Angerami, V. A. (1985). *Psicoterapia Existencial: Noções Básicas*. Traço.

Bakewell, S. (2017). *No Café Existencialista: o Retrato da Época em que a Filosofia, a Sensualidade e a Rebeldia Andavam Juntas*. Objetiva.

Beauvoir, S. (2009). *Memórias de uma Moça bem-comportada* (2ª ed.). Nova Fronteira. (Trabalho original publicado em 1958).

Bertolino, P. (1995). Psicologia: Ciência e paradigma. *Ensaios irreverentes*, 1-19. Recuperado de https://nuca.org.br/wp-content/uploads/2020/03/Psicologia--ciencia-e-paradigma.pdf

Bradbury, R. D. (com Pinto, M. C.) (2012). *Fahrenheit 451* (2ª ed.). Globo. (Trabalho original publicado em 1953).

Cândido, A. (2011). O direito à literatura. *Vários Escritos* (5ª ed), 171-193. Ouro Sobre Azul. (Trabalho original publicado em 1953).

Cândido, A. (2012). A literatura e a formação do homem. *Remate de Males: Revista do Departamento de Teoria Literária*, (esp.), 81-89. Recuperado de https://periodicos.sbu.unicamp.br/ojs/index.php/remate/article/view/8635992

Crouch, B. (2017). *Matéria Escura*. Intrínseca.

Ewald, A. P. (2008). Fenomenologia e Existencialismo: articulando nexos, costurando sentidos. *Estudos e Pesquisas em Psicologia*, 8(2), 149-165.

Freitas, S. M. P. (2018). *Sartre, Psicologia de Grupo e Mediação Grupal* [Tese de Doutorado, Universidade Estadual de Maringá]. Recuperado de http://www.ppi.uem.br/arquivos-2019/PPI_2018_SYLVIA.MARA_Tese.pdf

Freitas, S. M. P. (2022). Intervenções em Grupos na Perspectiva Existencialista. In: F. F. S. Melo & G. A. O. Santos (Orgs.), *Psicologia fenomenológica e existencial: fundamentos filosóficos e campos de atuação* (p. 187-209). Manole.

Germano, I. (2011). Éramos Cinco. In. A. P. Ewald (Org.), *Subjetividade e literatura: harmonias e contrastes na interpretação da vida* (p. 135-168), Nau.

Gonçalves, T. L. (2011). *Subjetividade em Situação: a narrativa literária como possibilidade de compreensão da existência em Jean-Paul Sartre* [Dissertação de Mestrado,

Universidade do Estado do Rio de Janeiro]. Biblioteca Digital de Teses e Dissertações da UERJ. Recuperado de https://www.bdtd.uerj.br:8443/bitstream/1/15277/1/Dissert_Tais%20L_Goncalves_Bdtd.pdf

Jaffe, A. H & Scott, V. (1966). *Studies in the Short-Story*. Holt, Rinehart and Winston: New York.

Jauss, H. R. (1994). *A História da Literatura como Provocação à Teoria Literária*. Ática S.A. (Trabalho original publicado em 1969).

Lei n.º 10.865/2004, de 30 de abril. Diário Oficial da União, Edição extra, Seção 1 - nº 82-A. Recuperado de https://pesquisa.in.gov.br/imprensa/jsp/visualiza/index.jsp?data=30/04/2004&jornal=1000&pagina=1&totalArquivos=28

Martins, T. F. O.; Bonadio, R. A. A. & Leite, H. A. (2019). *A Literatura como Instrumento Humanizador e seu Uso em Temáticas de Difícil Abordagem* [Relatório de Pesquisa – PIBIC. Trabalho não publicado]. Departamento de Psicologia, Universidade Estadual de Maringá.

Martins, W. (1954). Poesia e Prosa. Distinção. Histórico dessa Distinção. *Revista Letras*, 2, 80-105. http://dx.doi.org/10.5380/rel.v2i0.20073

Mendes, P. (s.d.) The road not taken, by Robert Frost (minha tradução). [Blog post]. Recuperado de https://kindlebabel.wordpress.com/2018/11/14/the-road-not-taken-by-robert-frost-minha-traducao/

Nunes, D. (2011). História, Literatura e Subjetividade. In. A. P. Ewald (Org.), *Subjetividade e literatura: harmonias e contrastes na interpretação da vida* (p. 127-134), Nau.

Petit, M. (2010). *A Arte de Ler ou como Resistir à Adversidade* (2ª ed). Editora 34.

Plath, S. (2019). *A Redoma de Vidro* (2ª ed.). Biblioteca Azul. (Trabalho original publicado em 1963).

Projeto de Lei 3887/2020. Câmara dos Deputados (2020). Recuperado de https://www.camara.leg.br/proposicoesWeb/fichadetramitacao?idProposicao=2258196

Sábato, E. (1982). *O Escritor e seus Fantasmas*. F. Alves. (Trabalho original publicado em 1967).

Sartre, J.-P. (1973). *Un Théâtre de Situations*. Gallimard.

Sartre, J.-P. (1996). *O Imaginário: Psicologia Fenomenológica da Imaginação*. Ática S.A. (Trabalho original publicado em 1940).

A LITERATURA PARA SITUAÇÕES: UM RECURSO PARA A PSICOLOGIA EXISTENCIALISTA

Sartre, J.-P. (2002). *Crítica da Razão Dialética*. DP&A. (Trabalho original publicado em 19646/0).

Sartre, J.-P. (2014). *O Existencialismo é um Humanismo* (4ª ed.). Vozes. (Trabalho original publicado em 1946).

Sartre, J.-P. (2015). *Que é a Literatura?*. Vozes. (Trabalho original publicado em 1947).

Sartre, J.-P. (2015). *O que é a Subjetividade?*. Nova Fronteira. (Trabalho original publicado em 2013).

Sartre, J.-P. (2015). *O Ser e o Nada* (24ª ed.). Vozes. (Trabalho original publicado em 1943).

Sartre, J.-P. (2018). *As Palavras* (3ª ed.). Nova Fronteira. (Trabalho original publicado em 1964).

Sartre, J.-P. (2019). *Esboço para uma teoria das emoções*. L&PM. (Trabalho original publicado em 1939).

Sass, S.D. *A antropologia de Sartre. Gênese, teoria e método*. 2020. 163 f. Tese (Promoção de Docente para professor titular do Instituto de Filosofia) - Universidade Federal de Uberlândia, Uberlândia, 2020. Recuperado de https://repositorio.ufu.br/handle/123456789/29406

Schneider, D. R. (2008). O método biográfico em Sartre: contribuições do existencialismo para a Psicologia. *Estudos e pesquisas em psicologia*, 8(2), 289-308.

Schneider, D. R. (2011). *Sartre e a Psicologia Clínica*. Editora da UFSC.

Silva, F. L. (2004). Ética e Literatura em Sartre: ensaios introdutórios. Editora da UNESP.

Souza, R. R. (2020). Um Caminho com Sartre: Apropriações de seus Métodos para uma Clínica Fenomenológica-Existencial. *Estudos e Pesquisas em Psicologia*, 20(4), 1293-1309. Recuperado de https://doi.org/10.12957/epp.2020.56662

Todorov, T. (2021). *A Literatura em Perigo* (13ª ed.). Difel.

Woolf, V. (2014). *Um Teto Todo Seu*. Tordesilhas. (Trabalho original publicado em 1929).

Zappone, M. H. Y. (2009). Estética da Recepção. In T. Bonnici & L. O. Zolin (Orgs.), *Teoria literária: abordagens históricas e tendências contemporâneas* (3ª ed., p. 189-199), Eduem.